提拉米苏在独白

A soliloquy by Tiramisu

苏文娟 著

古吴轩出版社
中国·苏州

图书在版编目(CIP)数据

提拉米苏在独白 / 苏文娟著.—苏州：古吴轩出版社，2007.6

ISBN 978-7-80733-151-3

Ⅰ.提… Ⅱ.苏… Ⅲ.①散文—作品集—中国—当代 ②随笔—作品集—中国—当代 Ⅳ.I267

中国版本图书馆CIP数据核字（2007）第090564号

责任编辑：长　岛
装帧设计：木　心
责任校对：徐芙后
责任印制：蒋家宏

书　　名：**提拉米苏在独白**
著　　者：苏文娟
出版发行：古吴轩出版社
地址：苏州市十梓街458号　　邮编：215006
Http://www.szrbs.net/gwx　　E-mail:gwxcbs@126.com
电话：0512-65232286　　传真：0512-65220750
印　　刷：江苏淮阴新华印刷厂
开　　本：889×1194　1/32
印　　张：8.375
字　　数：117千字
版　　次：2007年6月第1版　第1次印刷
书　　号：ISBN 978-7-80733-151-3
定　　价：22.00元

目　录

那些破碎的碎片

那些被分割的记忆

那些残存的往昔

那些真实的谎言

为了寂静的一切

在百分之九十六的时间里，我都是一个快乐的人，就像一条浑身长满了透明鳞片的鱼，在各种各样的自然或是非自然的水里摇头摆尾欢喜得不知所以。可惜吐出来的泡泡都是唉声叹气无病呻吟。也许是我喜欢平衡，连欢喜和悲伤也是。

可能还有一种潜意识，悲伤的文字更能感动人。我不是一个喜欢煽情的人，但是内心深处渴望被关注，也许是从小缺乏朋友，没有玩伴没有交流的缘故。我的想象力异常丰富，像一株枝繁叶茂的植物，每一张叶片每一条脉络都清清楚楚但是凑到一起便是模糊，于是很多东西都被混淆或是错位了，包括我的快乐和伤悲。我是一个腼腆的人，不喜欢运动，这个夏天爸爸妈妈在清凉的夜里曾多次把我推入舞池跳舞，还抱着胳膊站在一旁监督，但是我依旧不能很自然地跳出一段恰恰，或是兔子舞。我总是选择逃离，在音乐刚刚响起的时候。周围围观的人太多。哪怕在暗夜，或是乌烟瘴气的舞厅里，群魔乱舞的时候，哪怕周围没有人认识你，我还是放不下自己小心翼翼的步子，或是一触即碎的信心。我总是太在乎自己。但是我可以肆无忌惮地把自己的想法摆在博客上打在一张又一张的白纸上，引起别人无数的嘲笑或是同情。我总是那么矛盾。

最近我总是会想起小时候的事情。据说，年纪越大的人，对于小时候的记忆就越清晰。但是这并不让我感到伤感，反而很温暖。这个世界，总是平衡的，就像贫穷的人，快乐会多一点；黝黑的人，皮肤会好一点；傻傻的人，受到的关爱会多一点。

我依旧想起我的童年。我的童年被放置在一个寂静的匣子里。我想这个匣子不会是透明的，否则我不会到现在还是看不清楚这个世界。我的童年是我这辈子里最安静的岁月，没有蝴蝶没有风，也看不到云出日落。我趴在窗口看屋后一棵又一棵的树木，它们是巨大的，像衰老的兽，在一个个疲惫的黄昏透出冷冷的暖来。它们是亲切的，因为它们就在我眼前。

我总是盼望爸爸或是妈妈的出现。他们总是忙碌，忙碌，来不及给我一个温暖的拥抱，或是笑脸。我知道他们爱我，会给我好吃的东西。但是我渴望他们的臂膀，渴望拥抱。有大人在的时候我总是欢喜，但是可能他们想象不到一颗幼年的心会那么寂静，我甚至不习惯哭泣。

每次爸爸回来的时候，我都会站在门边，这几乎成了一种感应。那时候的我是那么小，我觉得我自己才到爸爸的膝盖那里，我高兴地仰起头来看他，还有扑面而来的光线或是冷风。我被腾空抱起；我发出小小的惊呼；我快乐地咯咯笑；我总是那么高兴。

就像现在的回忆，寂静，遥远，触手可及，经过一遍又一遍的洗涤，留下的依旧是甜蜜。

夜　晚

喜欢夜间出去运动，打球或是游泳，逛街或是散步，都会收到好的效果。夜晚的时候属于心灵，每个人在这个时候最能回归自我。就像一炷香，在看不到它的时候，最能够弥散。一年中，最好的夜晚在夏天。莎士比亚写夜晚只选仲夏,我想也不是没有道理的。夏天的夜晚就是用来浪费用来消遣的，用来被很多人写成文章拍成照片供人回味遭人唾骂的。美好的东西只有在被浪费的时候才能感觉到那种奢侈的美。不是夏天的夜晚特别精彩,而是因为对比，因为对比强烈。因为夏天的白天也就是昏昏欲睡。

喜欢夏天的夜晚，因为喜欢夏天的风。坐在车上感觉，真的能感觉到风的触摸，虚无但是实在，一丝一丝冰凉的感觉，温柔或是暴躁，压抑或是放纵。我把手指张开，伸出车窗，车外是缁色的一片，但是风在时时刻刻围绕着你的手指，用它们虚无的方式，一遍又一遍地把它们吹向天空，许多没有颜色的羽毛在天空飘摇，一如风的触摸，无边无际，无声无息。

这个时候你会有做鸟的感觉。因为风就在身边。

很多年前的时候，还在学校，因为赶编校刊，到很晚才到宿舍睡觉。但是我忘了提前和舍务阿姨打招呼，我被锁在了大门外。

那是一个月亮明晃晃的冬夜。

我给宿舍里的朋友打电话，她们抖抖嗦嗦地披着衣裳下来陪我，着急地打着寒战。我们最终还是没能把门开开。于是我只能回头，我不能让我的朋友在风里冻一个晚上。我要是不走，她们也不会上楼。我有文学社办公室的钥匙，里面还有一些零食，几块单薄的桌布，还有一件我忘在那里的大衣，和几盏温暖的灯。它们能够陪伴我度过这个夜晚。

于是我一个人回头，一个人走在路上。我心里没有恐怖的感觉，因为月亮是那么的亮，让我觉得这是非人间的太阳，照得所有的一切阴森并且明亮。这样的夜晚不容易让人害怕，但是会有一种空旷的悲凉。人在年轻的时候，总是容易悲凉，因为那个时候我们还敏感，还是有许多美好的想法。我口口声声地厌恶那个时候的无病呻吟，其实我觉得那种无病呻吟美极了，因为我们年轻的心还在非现实的世界里飘荡，我们还能够体味到夜晚所带来的悲凉，以及非人间的太阳。

后来我终于走到了文学社，顺利地开了门。我吃掉了那些小零食，把大衣盖在身上。我不觉得寒冷。我开了灯。我看了书。我们文学社有很多很多的书。我还在一本旧书里发现了夹着的一封情书，笔迹清秀，内容晦涩。那是一封令人沮丧的情书。如果爱情以这么一封信开头，那么还不如消逝。幸而它只是被夹在一本旧书里，看来它的主人没有怎么珍惜它，或是没有寄出，或是收到了不感兴趣。

第二天清晨的时候我若无其事地去做早操。没有人对我来自相反的方向感到惊奇。他们至多以为米米变勤奋了，因为总是有用功的学生去河边看书，有井井有条的学生围着操场跑步。我出来前对着文学社里的镜子梳了头涂了润唇膏，我尽量做出明媚的表情。

后来过了很久，宿舍里的八爪幽幽地对我说："米米你知道那天做操的时候我为什么一直回头看你么？因为你一下子老了五岁。"

苏州的老外

这年头，你在大街上撞到一个老外要比踩到一只蚂蚁的机率高许多。在见过许多的老外后，我总结出来一些共性，比如说，他们都很节省。他们去麦当劳只吃汉堡和可乐。他们在餐馆里每次点的东西都不贵。他们的手机都不是最新款。他们大都穿棉布衣服。他们热衷于骑破旧的自行车或是步行。他们看到人总是微笑。从比例上来说，帅哥老外比美女老外要多许多。男老外身边往往会有中国女孩子，而且大多不漂亮，准确点来说是很不漂亮。女老外身边的往往都是男老外，她们在很冷的天气里依旧穿吊带衫。他们热爱阳光，喝啤酒的时候总是坐到咖啡馆外的靠椅上。

我最喜欢的还是外国老头，像肯德基里那个白色的山德士上校一样的。老外老头总是面容祥和，蓝色的眼睛里面是大海一样的颜色和质地，温暖而纯粹。看《达芬奇的密码》，那个图书馆长去世的时候我很伤心，那是个慈祥的老头，而且学识渊博，而且是胖胖的，我非常不忍心看到他死去。幸而我知道这只是电影。用不了很多时间，他依旧会生龙活虎地出现在其他银幕上。

最动人的一个老外是《这个杀手不太冷》里面的里昂，那是一个可爱的男人和老头的混合体。尽管是部非常老的电影了，但是每次看到他在那个十二岁小女孩前不知所措的傻傻的笑容我都依旧非常感动，从此以后我热衷于用棉布细心地擦拭植物的绿色叶片。我也很高兴自己本来就热爱喝牛奶，也爱戴墨镜。

那天我在十全街上看到一个魁梧的老外，他的胳膊上刺了很多中国字。我很好奇那些文字到底是什么意思。我的猜测是“南无阿弥陀佛”或者是“毛主席万岁”，但是我看不清楚那些字，我好奇得要死。这让我非常难受，于是我决定顺路跟踪他一阵子。在跟踪了几十米后，他终于走进了一家陈旧的烟杂店，我也像个特务一样停下来佯装买口香糖。我终于看到那些字，它们是：琼娜我爱你。

头发乱了

我的头发越来越长。

终于，乱了。

很多年前看到电影《头发乱了》，具体讲什么已经不记得了。大凡是关于青春、迷茫和骚动，还有不可缺少的伤痛吧。那是一部灰色的电影，粗糙，刻意，竭力想表达什么但是没有成功。只记得里面有一个很男人的男主角，和一个长得一点特点都没有的女主角，好像那个男人很爱那个女人，但是我觉得那个女人根本配不上那个男人。不是因为她不漂亮。她没有味道，没有什么特点，没有让人禁不住想看看她的欲望。我记住她是因为她的长头发，电影的名字就叫头发乱了，她和别人拥抱的时候总是把头发甩来甩去，还是没有乱，也不美。我记住这部糟糕的电影是因为它的名字，头发乱了。头发乱了，我很喜欢。

我有很茂盛的头发，所以一直不能很成功地梳一个活泼的马尾辫。更多的时候，我是披头散发的。我喜欢用“茂盛”这个词来形容女人的头发，这让我感觉女人像植物，清新柔软，蓬勃向上。而且在夜间，植物更具有阴冷的感觉，这和女人的属性十分相像。反差巨大，色彩分明，每时每刻都在变化。有很多男人都有恋发癖，从心理学的角度说，健康黝黑的长发代表着强烈的女性特质，还有她们极强的繁衍后代的能力，所以，很多男人女人都爱长发。

头发长了以后，有的会乱，有的不会乱，这和拥有长发的女人有关。韩剧里的女主人公大凡有垂顺柔软的及腰直发，是普遍受男士喜欢的温柔可人型。大凡头发垂顺的女人都会很贤惠吧。头发是一个人性格的延伸，所以很多朋克都有夸张无比的爆米花头，很多叛逆少女的头发都是五颜六色的，张贴着她们那个丰富而又迷乱的时代。安妮形容头发的时候，喜欢用“海藻一样的头发”，所以她的女主人公大多是颓靡突兀的性格，如海藻般漂浮不定、又生长在大海的深处，是幽暗而又诡异的、有致命的蛊惑力。

这是乱头发的最高境界。

关于鞋子

许多恐怖片都不曾让我恐怖，但是如果让我在人来人往的街上或是居民区的某条小路上看到一双鞋子，女人的鞋子，特别是崭新的鞋子,会让我身上的每一根汗毛都竖起来的。不知道为什么，女人的鞋子或是小孩的鞋子在空荡荡的不应该出现的地方出现的话会给人异常恐怖的感觉，至少对我而言是这样。我始终觉得鞋子是非常私人的物品，很多人都互换衣服穿，或者是帽子，或者是手表，但是没有听说什么人互换鞋子的。鞋子是非常自我的东西，穿着好看，挤不挤脚只有自己知道。有人会忘了衣服忘了帽子，但是不会忘掉穿在脚上的鞋子。所以如果一双鞋子突然莫名其妙出现在一个莫名其妙的地方，那肯定是发生了什么故事，这个故事往往不会让人感觉愉快。

据说在“文化大革命”的时候，如果有女人做错了事，特别是生活作风方面的，就会被套上一双鞋子游街，还被大骂破鞋。我很不明白为什么要叫生活作风有问题的女人破鞋，后来渐渐看了点书，知道女人的脚在古代是性符号的象征，如果一个女人的脚被亵渎了，就相当于她失贞了。别人没法把她的脚砍下来，至少可以把鞋子扒下来吧。鞋子是一种容器，你永远不知道里面盛的究竟是什么东西。鞋子是一个女人欲望的外延，所以很多迷恋鞋子的女人或是女孩都会很虚荣，或是有着非常多的欲望。朱德庸漫画里的万人迷就喜欢蹲在她排了一地的鞋子面前闭上眼睛摸，摸到什么高度的鞋子就和什么高度的男人约会。没有一个美女是只有一双高跟鞋的，相反，非常多的女孩子都有恋鞋癖，如果她们把买鞋子的钱攒攒的话估计可以买一辆貌似拖鞋的跑车了。

看过一部被称作恐怖片的恐怖片，韩国的《别碰女生的高跟鞋》，里面讲述了一双充满欲望的鞋子，它因为嫉妒和仇恨而生成，在几十年后又流落到一个有恋鞋癖的女人手里。这双鞋子会让每一个穿上它的女人或是稚嫩的女孩子都变得异常美丽。所以这双鞋子于女人来讲就像是魔戒的诱惑一样。女人为了这双鞋子惶惶不可终日，最后那个女人把所有的人都杀了，第一个杀掉的就是她的丈夫，因为他在一开始的时候就和别的女人上床，情妇的脚上套着她收藏的鞋子，一双黑色的尖头高跟鞋。

以前看安妮的书，她故事里的女孩子总是穿旧的棉布裙子，有不羁的个性，眼角边一颗褐色的泪痣，喜欢光脚穿球鞋。其实我也不喜欢穿袜子，我喜欢光脚穿凉鞋，这让我整天都有自由自在的感觉。我还有一个钥匙扣，上面挂了一只红色的小靴子，做得非常精致，和真的一样，每个人看到我的钥匙串都会伸出手来摆弄一下这只靴子，脸上会有微笑的表情。这是让我感觉有趣的一只鞋子。我听过的关于鞋子的一句有趣的话是在安徒生的童话《卖火柴的小女孩》里。当时那个可怜的小女孩穿了她爸爸的拖鞋走在雪地去卖火柴，有个调皮的男孩子把她的一只鞋子抢到手里，挥舞着说：等他有了孩子，这只鞋子可以用来做摇篮。

最近我话痨

不知道话痨意味着什么，但是决不是意味唠叨。唠叨是对着一个人喋喋不休,可以说到让人抓狂。话痨是对着一帮人滔滔不绝，但是千万不要问“你妈贵姓”。一个人话痨的时候说明这个人很想博得别人的好感，或者说她很寂寞，或者说她觉得没有安全感。我个人认为一个有话痨的人肯定不是一个有坏心眼的人。因为他们的心思全都说光了，没有城府给别人看。一个话痨的人可能是可爱的，虽然可爱的人不一定都话痨。像韩红，像秋薇，都是超级话痨。很奇怪，话痨的很少有美女，因为美女虽然会寂寞，但是她们用不着通过说话来博得别人的好感。美女应该含蓄,应该矜持。一个成功的美女只要安静地坐在那里就是无声的言语。所以如果我话痨的话应该是件让人很丧气的事情。幸而我话痨病犯的时候只喜欢在网上找人叽叽咕咕斗嘴吵架。但是这也不能证明我就是一美女，尽管我老爱用美女的标准来对比自己。

我总是一个平衡的人，但是喜欢颠覆；一个沉寂的人，但是喜欢聒噪；一个丧气的人，但是热衷自我陶醉；一个优柔的人，最近很少冲动。我不想用死灰槁木来形容自己，但是至少也是心如止水。我的成语学得不好，经常会闹笑话，我说那么多词其实想说明我的平静。我真的是个平静的人,虽然有时候会笑得无比张扬。这让我的一些女性朋友们都比较喜欢我。我还是一个挺爱装蒜的人，特别爱扮矜持，所以会给人文静的错觉，所以有很多人会被我吓倒。

我说过我要夸夸自己的，特别是在看过林真理子的书后。她让我觉得做女人应该任性一点。做女人是一件很美的事情。但是我不知道应该怎么夸自己，我一向矜持惯了，我乐得给别人造成淑女的错觉。就像假如你不是美女，但是每个人都坚定地认为你是美女，那岂不是一件非常占便宜的事？

天黑以后

尽管我一直喜欢颠倒黑白的天气，准确点来说是异常异常的天气，比如说掉在身边的闪电、打雷像地震一样的雨天，狂风大作，或者青天白日的时候突然间天昏地暗，然后又像开了日光灯一样到处都是惨痛的白，这个时候人人都像到处乱窜的老鼠，一切都乱了套。又如一次阳春三月的时候下起了异常大的大雪，那个时候我还在外师读书，又是新学期开始，一宿舍的人只带了明媚的春装，于是我们穿了一件又一件春天的衣服走去打饭泡水，就像雪地里一只只支离破碎的麻雀，但是这让我感觉好极了。又比如我读小学的时候每到夏天教室里就进水，教室里是青砖铺地，光滑而又清凉，走到外面，滑梯和木马都浸在水里，这也是让我雀跃的事情。尽管我善于在老师面前压抑我幸福的表情。

我还以为我会因为我的这些喜好而稍稍反常一点，比如说可以随时随地自信可人，可以顺手捻来很多东西，至少可以在明媚的阳光里或是嘈杂的办公室里依旧文思澎湃。但是事实证明我依旧是一只忠实于黑暗的夜猫子，只有在天空失去颜色后才可以滔滔不绝。准确点来说是想到要滔滔不绝。我在白天选择沉默。到了晚上，选择做一只最好动的蝙蝠，具备大量的超声波。那天看一则英语短文，说人的兴奋点分三种，分别是早晨，中午和夜晚。我毫无疑问属于后者。所以我想我应该去美国，那样的话我肯定是一名非常出色的雇员，头脑清晰，思路敏捷，绝对不会在白天进入冬眠状态，或是在江南的阳光里出现高原反应。

最近我喜欢上了睡眠，这让我的黑夜变得像麦当劳的冰激凌一样短暂，但是很甜蜜，虽然刚吃到兴头上就没了，但是依旧可以回味。我开始在晚上拒绝看电视，要看就看碟片，这让我的生活进入了真空状态，干净得连一片叶子都飘不进来。在这个信息爆炸的时代，我高兴做一只藏在麦田里的老鼠，天黑以后躲在窝里啃玉米，是只丰衣足食和猫头鹰做朋友的老鼠。

一年还是几年前，看到村上春树的新作《天黑以后》。我喜欢这个名字，喜欢他的《挪威的森林》，于是立刻买下来，结果到了家发现我看不下去，于是扔在一边。终于在一个无聊的午后我看完了这本书，还是两个字，没劲。一个人的牛肉是另一个人的毒药，我们喜欢的都是可以引起共鸣的东西，天黑以后如果没有有趣的朋友聊天喝咖啡没有一个他陪你散步游离没有好的舞伴跳舞逛街没有匪夷所思的碟片讲述好的故事美丽的场景纠缠的爱情，那还不如在无聊的午后看比《天黑以后》更无聊的故事。

在指尖喋喋不休

我始终在想，一个充盈的人生应该是如何的。依现在的我看，一个充盈的人生，应该是自然的、自如的、自若的、随意的、微笑的、感恩的、从容的、温情的、恬适的……当然，它还应该是残缺的。因为没有什么东西是完美的。就像一棵树，要风吹雨打，要凋谢，要被虫子咬出洞洞，要在冬季留下枯萎的枝干，它才是一棵幸福的树的状态；就像一只杯子，要盛满各种各样味道的汁水，要有裂缝，要被打碎，它才是一只有用的杯子的状态；就像一只苹果，它要甜美，它要会腐烂，它要被人或是一只兔子吃掉，它才是一只苹果的丰盈状态；这些丰盈都在不断的残缺中获得，就像我喋喋不休的说教，有时候是那么地不讨人喜欢，但是它们都是存在的状态，只要是存在的，就是好的，就是丰盈的幸福。这是我的一个朋友在还算年轻的时候说的话，当时我们都用看哲人的眼光看他，仿佛他就是那只杯子或是苹果，虽然心里觉得他和现在你所看到的文字一样不可理喻。但是我们都竭力在心里感觉着幸福。

现在我从来不去竭力感觉什么东西，因为我觉得自己长大了。长大以后会说些自以为有道理的话，然后又不断地来否定它。因为我觉得这个世界上什么都是有道理的，什么又都是没有道理的。所以我拒绝在任何时候思考。除非我不得不面对这些问题，不得不通过思考的方式来解决我面临的一些问题。而事实是，思考有时候解决不了任何问题，因为我相信命运，相信今生来世，相信宿命，相信一些不可预知的东西。我还相信科学。但是这些东西不是我思考了就能够带来的，所以我认为思考是顶没用的东西，思考会让人精疲力竭，思考会让人生出许多法令纹，思考会让很多东西变得沉重，思考会让我变得不快乐。我贪恋大脑空空的感觉。

我不知道我现在的文字算不算是思考。在我看来，思考是一件让人头痛的事情，但是我没有头痛，我只是大脑空空地在键盘上飞快地打字，所以我想这不过是我的一种倾吐，就像有些女人经常会犯的话痨病一样。我有时候是个喋喋不休的人，但是有时候无比沉静。当我不断地喋喋不休的时候肯定是我一个字都写不出来的时候。但是当我无比沉静的时候我会在键盘上喋喋不休，速度不会亚于我说话的时候。有时候我看一遍打完的字，居然发现我没有办法把它们再写一遍，因为我全忘了。所以我想这不算是思考吧，因为思考是会留下烙印的，会让人感觉深刻，不会像这些文字一样，连写它们的人都不知道它们来自哪里，去向何方。它们比轻轻吹过的风还要虚无，比夏天的黑夜还要肤浅短暂。

不再想念

刚起床，空腹，所以头脑清晰，像玻璃瓶一样透明如初。

长假，说好不远游，但是每天依旧很忙，酒宴倒是没有去几次，但是每天晚上都会接到意外电话，去哪里哪里，和菜头疲于奔命。和小舟约了几次咖啡，总是未遂。4日那天有同学搞聚会，酒店包厢都订好了，据说发了八个人的短信，有四个直接回复没有空，有四个置之不理。又有同学在苏州乐园搞聚会，免费提供门票和晚餐，依旧没人响应。于是他自己拖家带口去了，到了那里还是不死心，发短信问谁来聚聚啊谁来聚聚。这个年头，连天上掉馅饼也没人捡了，白吃的午餐也没人去蹭了。

所以我在这个繁忙的假期的早晨，终于有了百无聊赖的感觉。

昨天和一个小朋友喝咖啡，临时约的。她是我大头弟弟的偶像。读书的时候一度优游，但是绝顶聪明，不费吹灰之力就考了上外，如今是个优雅的上海女人，海藻一样的头发里充满夜上海的气味。她告诉我她三年一个轮回的成长，告诉我上海哪家的越南菜好吃，她说她现在已经不喜欢动荡，她说她想去拉萨。她笑的样子真是妩媚。她只是不抽烟。她年轻的脸上写满了智慧。她依旧是个优游的女人。她的男朋友和她一个学校，现在是北京外交部一个年轻的签证官，他们现在一年只能见上四五次面。现在他坐在她对面微笑着看她。他是一个英俊的男人。

她从来不曾在他面前流露出对他的想念。她只是淡淡地说，我们从来不打电话，不发邮件，不说话。尽管他们所有的话费都可以全额报销。她说，她从不想念。每个人都知道她在说谎，但是这样的谎言很迷人。

现在我想念清粥小菜，想念午后的躺椅和温暖的阳光，想念下雨日子里透明的雨伞，想念我们曾经的雏菊一样的年华。我不知道百无聊赖的感觉是否就是想念，或是怀念。我拒绝怀念，用怀念说明我们真的老了。但是想念只是代表寂寞。寂寞是美好的感觉，但是我依旧拒绝。

一次美食艳遇

驾了三个多小时的车，大年初四的下午两点半到达南京新街口附近的一条街道，肚子饿得不像话，随便找个地方停了车便四处觅食。居然很快找到一家营业中的韩国料理，女主人说着生硬的普通话。店里陈设着韩国餐馆里固有的木头桌椅和银色的金属餐具，一只蓝色的汽水瓶里插着一枝已经不太新鲜的玫瑰。有几对年轻的漂亮情侣在窃窃私语，桌面上摆着泡菜火锅，蘸酱生菜叶和五花肉。空气里弥漫着韩国泡菜醇厚的辛辣味道，这个时候我和菜头连桌角都能吃掉一块。

菜头点了牛肉汤、大酱汤、炒杂菜、生菜包五花肉、石锅拌饭、泡菜炒年糕和糖醋肉。穿韩国制服的服务生手脚麻利地端来赠菜，这回是烤土豆、海苔拌鸡蛋皮、炸小鱼和韩国泡菜，还有韩国酱萝卜。和我吃过的料理店不同的是，这里还赠送一碗酸甜的凉白菜汤，在我们这些眼睛饿得发绿的人来看，比大麦茶更能压掉韩国料理各色汤菜里的辛辣滋味，很是受用。

第一道上来的照例是简单朴实但是味道丝毫不含糊的炒杂菜。五颜六色的一大盘端上来，足以让我们的清汤寡水的肠胃欢呼雀跃。韩国料理移植到了南京以后也受到本地餐饮豪迈大度的影响，分量是相当地足，不似苏州那么小盏子小碗，末了给你端上几颗葡萄和几片薄到透明的苹果片当餐后水果。粉丝、各色蔬菜丝和牛肉丝腾腾地冒着热气。正当我们流着哈喇子想下筷子的时候，服务员变戏法似地拿出一把裁缝店里才有的长而锋利的一把大剪刀（想来是剪烤肉用的），把我们盘子里的粉丝楚河汉界般地一分为二，尽管这样，我们对付这盘菜的时候还是像孙悟空吃面条一样。而后是石锅拌饭，幸而做拌饭的石锅都有统一尺寸，和在苏州见到的差不多，我和菜头都暗暗松了一口气。而后是洒满喷香白芝麻的糖醋肉和色泽鲜艳的泡菜炒年糕，小山样的一堆，幸而那个苗条的服务生臂力过人，居然可以端着这两个巨大的盘子稳稳当当地从厨房走到我们的餐桌前。另一个服务生紧随其后，手中的大托盘里放着堆得高高的生菜叶，若干甜面酱辣酱盘和调味料，那堆盆景一样的菜叶旁是烤到吱嘎吱嘎冒油的五花肉和生黄瓜胡萝卜条。幸而我们饿到前胸贴后背，看到这么一大堆食物依旧是由衷的欣欣向荣的表情。

最后是大酱汤和牛肉汤。这真是非常忠厚的一家餐馆，炖得醇醇的乳白色的汤汁里老老实实地卧着一片一片又一片切得厚厚的香酥丰腴的牛肉，而不是其他料理店一样，无论做什么什么菜都拿大葱和泡菜撑场面。这让我不由想起巴黎一家久负盛名的 Chez L'Ami Loills（老友路易），它虽然处在一条非常僻静的街道，并且装修简陋，但是依旧每天食客如云，其中不乏社会名流，而且已经扎扎实实地生存了六十余年之久。在巴黎这个寸土寸金、饮食行业竞争异常激烈的地方，不可不说是一种奇迹。它的成功除了食物美味之外，最主要的成功之处可能就是菜品分量特别足，烤鸡个头特别大，在别的饭店餐盘中央小小的一撮鹅肝酱，到了这里大到足以让每一位在餐厅里优雅地舞动叉子拨弄那些贵得要死少得可怜的牛排菲力的家伙们惊声尖叫。而成就这一切的奥妙是什么呢？我想，一是人类毕竟没有完全地脱胎换骨远离原始本能，放纵一次毫无顾忌地开怀享受美食的这种快感是无可比拟的。尽管会有很多人在饱餐一顿后节食三天；二是这家餐厅的创办人不是别人，而是一位性格豪迈，食量同样豪迈的大块头厨子安东，所以“老友”路易和很多投资商开办的，到处飘满香喷喷的鲜花味、走到哪里都有人鞠躬问好、连餐布掉了都有一成不变的笑容的服务生为你捡起并殷勤地帮你铺好的餐饮连锁店不一样，它是我们内心深处的一个理想，是一个真正吃东西的地方，用最粗鲁的姿势、最坦荡的胃口，和最真实的味蕾。

冬天里的事

总是有人在不断死去。他们鲜血淋淋的死讯充斥着每个人的手机，早餐包，方便袋和一张张蠕动着咀嚼的嘴。很多人喝着茶嘬着饮料用筷子挑着鲜红的牛柳谈论他们的死相，和生前的种种逸事，最多的是带些桃色的。又啧啧地摇头，哎，这么好福气的人，就这么去了。生病或是车祸，或是家庭和情人间的纠纷，从五楼一跃而下，或是被疯狂的女人推下去，或是赌气服毒，总之，版本很多，结果很唯一：都是死。

我总是很麻木地听着这些事情，偶尔也要插嘴，而后是没心没肺地笑几下。在这个多媒体世界里讯息传播太快，我甚至可以知道哪家的狗狗穿的衣服是用多少钱买的，哪家新开的服装店是出台小姐合资办的，几千一件的裘皮大衣进价贱到惊人。

我被众多的垃圾信息包围着，像是一条泡在咸菜缸里的鱼，无精打采地吐着浑浊的泡泡，皮肤里渐渐弥散出陈腐的味道来。走在路上，脚底下是水泥，扶着的墙壁里面是冰冷的砖块，空气里飘荡着麻辣烫或是硫磺的味道，抬头望去是铅色的天空，花坛里是迅速枯萎的花朵，把泥土严严实实地盖住。在这个拥挤的冬天，甚至看不到一片雪花。

但是到处都是脸，躲也躲不掉。除非你把自己埋在各种植物叶片或是缀着花朵的被窝里。暂时的宁静，永远的寂寞。

林真理子说："和一个人相爱，在家中相爱，那是最美的事情。"

这种美丽让人幸福。幸福让人发胖，让人渐渐懒去，让人生活规律，和千千万万个幸福的小女人一样穿合身的风衣每个星期做一次护理，定时喝牛奶，吃饭七分饱，做个像闹钟一样准确无误的幸福的人。

这种幸福可以掺杂着种种匪夷所思的信息，各种各样的死讯，商场削价大抛售，几千元一件的羊绒大衣，撒着糖衣的甜甜圈，或是油腻的羊肉火锅。一个幸福的人就是琐碎，并且无趣。

这个冬天，盛载着无数幸福的人，在没有雪花的冰冷的空气里，带着他们，渐渐老去。

生在别处

有时候我无比怀念阳光灿烂的日子。虽然今年的冬天，太阳一样的刺眼。但是照在身上的芬芳感觉，已经大不一样。在这个冬天，似冷非冷的一切，在酒店包厢办公室或是街道上交替着季节。很多女孩子穿短大衣皮草裙子披散着毛糙的金黄色的卷发，在阳光下露出穿着肉色连袜裤的白色的一截小腿，全然不晓得这在国外是 street girl 的装束。她们让这个世界变得暧昧而怪异。鲜有耐人寻味的女孩。她们走过的时候已经很少有人兴致勃勃地吹口哨。她们是如此琐碎而寂寥。

在这个冬天，我听说了很多故事。流言像北京的沙子一样铺天盖地，有时候会让你迷失方向。有时候我把它们写下来，因为无处倾诉。今天在吃饭的时候，一位生物老师谈到鱼翅，说它有剧毒。因为鲨鱼是海洋生物中食物链的最高层,因此具备大量毒素。如此说来，人类更是。世界上有太多的糖尿病或是尿毒症，心肌梗塞或是脑血栓。我相信身体不过是人类的灵魂载体，你的灵魂是否安宁的外在表现。如果人类不会思考，直觉的感应里会因为少了很多思维的干扰而变得更强，会少去很多伤痛。这让我更想成为一株随风飘摇的植物，虽然它们处于食物链的最底层。

不知道什么时候开始拒绝谈论“性本善”或是“性本恶”的问题。我开始热爱大脑空空的感觉，热爱强悍的睡眠，或是树木孤单的影子。而我也知道，这一切，都是因为我尚且年轻，因为年轻所以我尚且混沌。我喜欢自己孤独而缓慢地成长，尽管这会让你看上去像个呆瓜。尽管很多时候我们做着身不由己的事情，在高兴的时候一本正经，在悲伤的时候强颜欢笑，在寂寞的时候大声喧闹，在人群里孤独寂寥。我们总是活得那么地不彻底，不愿意在别人面前暴露自己的悲伤或是软弱，愤怒或是嫉妒，爱情或是毒药。因为我们总是太爱自己。我们太希望在别人面前留下自己完美的影子。这就是为什么我们总是在年幼的时候对自己的母亲粗暴，而对别人总是很好，因为唯有母亲对你的爱才是不用争取便可得到的。这一切，就像海子说的那样：在这个世界上秋天深了，得到的尚未得到，该丧失的早已丧失。

故事里的事

我的生活像一张白纸，但是我听说了很多故事。它们有的来自于我的朋友，有的来自于素不相识的人。这些故事并没有让我变成蒲松龄。但是有时候我也会像他一样把它们写下来，因为无处倾诉。

我不知道每一个故事的真实面目是什么，就像不知道白天黑夜里到底有多少喜怒哀乐。每一个故事都是一个压缩和扭曲了的人生，它们被蘸上了他人的油盐酱醋，吃起来已经不是原有的风味。但是依旧有很多的人感觉味道很好。

曾经有很长的一段时间我们都在谈论一段行进中的婚外恋。这段故事里有只有电影剧本里才有的剧情，和很多歇斯底里或是楚楚动人的主角。唯一和电影所不同的是，这个故事就发生在我们身边，我们用黑夜中的第三只眼来看这部电影，用白天喋喋不休的口水把剧情一次次推向高潮。我们为这部电影加上很多我们自己的注解。我们像一个个热情高涨的影评家一样往这部电影里贴上种种道德或是理智的标签。我们唯一忽视的便是故事的真实性。但这已经不是我们所关心的问题。我们习惯被自己的想象淹没，而后，浮上水面，大口呼吸。

从来没有人站出来说：“这是一件无聊的事情。”就像没有人说我们的呼吸无聊，我们的咀嚼无聊，我们肠胃的蠕动无聊，或是，我们本身的存在无聊。大家依旧每天欣欣向荣地聚在一起，谈论这些无聊的故事，大家有的是办法把无聊的事情变得有聊。这是我们千百年来的生活规律。就如某个名人说的那样：我的生命，至少是一部分的生命，已经耗费在这些无聊的东西中，而我获得的，乃是我自己的灵魂的荒凉和粗糙。但是我并不惧惮这些，也不想遮盖这些，而且实在有些爱它们了，因为这是我辗转而生活于风沙中的瘢痕。

飞翔抑或被淹没

在很小的时候我做梦，总是梦见自己可以像鸟一样飞翔在天空，或是像一尾游走在深海里的鱼。看到《人工智能》中被水淹没的纽约城市后，我感觉无比熟悉。那就是我小时候的梦境：关于畅游，或是飞翔。

所以我喜欢过山车，在别人的尖声惊叫中像鸟一样张开臂膀。喜欢荡秋千，风像高山的流水一样冲刷在身体的角角落落。我有恐惧的感觉。我只是不怕。

到现在我还是没有学会游泳。泡在浴缸里的时候我总是静静仰卧在水里，仿佛把自己当成水中一株静默的植物。淋浴的时候，也爱闭上眼睛，让水像瀑布一样在头上肆意泼浇，是温暖或冰凉的力量，直接而虚无。

坐在黑夜的车上，我总是习惯开窗。风呼呼地吹痛了耳膜，头发在四下里飞去，一丝丝纤细而又虚妄的黑色。

在海南坐快艇，从天涯海角出发，在附近海湾转一圈，一百元一个来回。一个黝黑的船夫，一条简易的铺着木板的快艇。快艇上只有有两件橙色的救生衣，边缘处已经破碎，乌迹斑斑。船夫的普通话不是很标准，但是也能够让我们明白，在越南战争的时候，很多难民在黑夜摇着船，六个小时就能偷渡到这里。所以，这附近有很多中越混血儿。然后他慢慢加快速度。不大的小船开始在海上飞起来，稍微颠簸一下，人就蹦起好高。船上没有任何的安全设施。同船的一个女孩子开始尖叫。风开始大得不可思议，海水飘洒起来，在阳光下是雪白的一片云雾。我们的衣服全部湿透。阳光在前是缁黑的一片，宛若天堂，宛若地狱，但是很好。

那一天，阳光灿烂，铺设在海面上。海面上是雪白的白，银子堆出来的一样。大凡奇异美景都不能言传，那种波澜壮阔的美，让人屏息静气。

最终还是活着回来了。

衣 服

纪伯伦写过一首诗叫《论衣服》。他在诗里面说我们的衣服是北风织的，大地喜欢赤裸的双脚，我们要用肌肤去迎接阳光而非衣服。这是一首非常形而上的诗歌，如果继续挖掘下去的话我想我会精疲力竭，但是对于衣服，我倒是真的有兴趣谈一谈。

曾经有一度我喜欢穿破衣烂衫，因为那个时候散漫的性格。大的黑色套头毛衫，旧的牛仔裤，蓝色或是白色的球鞋。喜欢大而长的衣服，和特别长的袖子，颜色一定要暗。我像株岩石底下的细小植物一样，用巨大的阴影把自己的青春覆盖起来，一方面长满幽暗的苔藓，一方面疯狂地成长，犹如赌气。

热恋的时候，开始尝试各色的衣服，一件件塞满了整个世界，像一只鸟收藏七彩的羽毛。后来热情渐渐消减，发现自己依旧具备黑色情结。那颜色像细琐的食物碎渣一样，深深地吸进青砖石板地里去，抠不出也涤不净，就任它们日渐细小，变成尘埃，直渗到骨子里去。

一个人的性情，有时候就直接地反映在穿戴上。执着于饰品和细节的人，往往很唯美。有时候即便钱很少，家里也有成打的围巾和吊带衫，打折的丝绸裙子或是无数廉价的靴子。每天花很多的时间搭配衣服，在镜前要端详许久，骨子里透出妖娆和不甘来。有个朋友喜欢热烈的红色，并且钟爱红色的套头衫，每天像颗八九点钟的太阳一样欣欣然走在大街上。很少有阴郁的时候，总是阳光一样明媚的脸，甚至穿朱红色的大头皮鞋，是孩童一样可爱的性情。还有一个朋友，非常能干，也美丽。她喜欢穿昂贵的休闲服，对于数目倒是要求不高，能替换得过来就行。和她说话或是短信聊天一个样，简洁而干脆，从不说多余的话。

英籍知名作家彼得·梅尔在他的时尚指南书《有关品味》中大量提到了各种奢华的品牌，昂贵的手工西服，奢华的夏维衬衫，耗资一千三百美元一双的伦敦产皮鞋。男人尚且如此，女人就可想而知会折腾出个怎么样的一天世界。还是纪伯伦说得好啊：你们的衣服遮掩了你们许多的美，却不能遮盖住丑。尽管你们借衣服寻求隐私的自由，但你们找到的却是羁绊和束缚。

两只乌龟一条鱼

我家养了两只很小的金钱龟，和一条很活泼的金鱼。我把它们一起放在窗前阳光底下，挂了细白纱的窗帘，很多阳光漏下来，细沙一样覆在那条不断游走的金鱼和两只乌龟绿色的硬壳上，它们把脖颈伸长了晒太阳。它们不曾在这个季节睁开过眼睛。阳光不断地骚扰着它们的冬眠。

周作人是不喜欢金鱼的，他觉得金鱼和哈巴狗是顶讨厌的动物，仿佛是穿了红棉袄的新嫁娘，并且金鱼和哈巴狗一样，带有一定的奴性，让有些风骨的人看着颇为不爽。但是我的这条金鱼性格独特，我觉得它不像是一条鱼，或者和我见过的任何一条鱼都不一样。如果鱼里面也有嵇康或是冉有这一类“鱼物”的话，我的鱼铁定也会成为一“名鱼”。和所有的鱼一样，它动静无时，生活全然没有规律。即便没有女朋友依旧每天高高兴兴。有时候喂多了也没能撑死它。它的特立独行在于它姿势怪异，睡觉的时候肚皮朝天。我不止一次地想把它捞出来丢掉，每次它都在网漏的触碰下欢快地逃走，仿佛把这当作一种嬉戏。没事的时候，它还会倒立，和体育高材生一样的头触地尾巴朝天，一动不动地保持这个姿态半天。如果金鱼也有思维的话它一定把自己想象成了一株水草。在一片静寂中默默摇摆，等待哪一天可以和一条偶尔游过的金鱼谈谈恋爱。我坚信我的鱼是一条很会自得其乐的鱼。

至于两只乌龟么，实在没有什么好讲的。在冬天它们是顶无趣的两个玩意，至多算是个没有什么美感可言的摆设。和我买来的一盒餐巾纸或是一罐果酱没有什么两样。当然我是断不会在它们寿终正寝或是意外夭折之后放进锅里煮煮吃了的。虽然我不会鉴别它们的性别，但是也只能用两个字来形容，那就是“暧昧”。即便是冬眠，它们也不忘挨得紧紧的，仿佛对方是一只长满绒毛的兔子，或是一枚永远灌满了热水的绿色热水袋。有时候遇到天气稍稍温暖一点，它们在阳光底下把脖子伸出细芽似的那么一截，也一定是头对头脸对脸耳鬓厮磨亲昵不已。所以我想，要是等到夏天我再买一只小乌龟放在它们旁边，会是怎样的一出好戏？

然而是断不会有这样的机会了。最近老妈一直神神叨叨的，也难怪，这些天股市牛气冲天一路看涨，周围很多人赚了个满钵满盆，唯有她吃的几个股停滞不前，甚至倒跌。她每天看到我都会说几遍：“都是因为你买了两只乌龟，害得今年我打的都是龟股，怎么爬也爬不上去。”

可我买的是金钱龟呀。

悼念我的头发

一个糟糕的发型无异于短期毁容，搞得我一天做事情都没有什么好的心绪。逢人就诉说自己是如何在四天之内搞了三次越搞越蹩脚的发型，那些发型师愣是有本事把你的一头披肩长发整成一个又一个恐怖的形状，直到最后彻底变成一樱桃小丸子。阿呸，还什么全国连锁店，给人家刷梳子拎毛巾还欠水准。剪成这个样子以后还如何叫我出去见人。妞妞把我的发型美其名曰“米盖头”。现在看到我的人都叫我“傻妹妹”。文雅一点的偷偷捂着嘴巴乐。我都快是奔三的人了凭什么还要出这个洋相遭这个罪。

豆豆说：宝贝，想开点，不就是几根头发么，犯得着这么和自己过不去么。我说，亲爱的，你只要设身处地试着想想，如果早上起来突然发现自己长了颗大龅牙，或者半边脸面瘫了，或者声音完全变了样，用《西雅图不眠夜》里山姆八岁的儿子乔纳的话说来“笑起来像土狼”，会是什么样的一种心情。索性做卡夫卡的那只大甲虫得了，至少也“另类”个彻底。

我一向喜欢长而茂密的头发。长发左披，密密地盖住半边脸，很安全的感觉。上学的时候偷偷在课堂上插了耳机听随身听，也是靠长发打的掩护。虽然爱长发,但是我真正长发的时间却并不多。每每受了什么小小的刺激，抑或是想改变现状重头再来，就一次次地去“削发明志”。我的头发就是长得再快也赶不上理发师的剪刀快。因而我总是很羡慕机器猫里的增发剂。

在法国女人众多的美丽秘诀中，一个适合自己的发型被排在了第一，高于细腻的肌肤、得体的服饰或是符合自己个性的香水。这让我更觉得自己像是条被搁浅在沙滩上的鱼。不知道这条鱼缺了点鳞片，还能不能呼吸？

初一，上香

过年了，也没想着要去 happy happy，偶尔走走亲戚，也就是七零八落吃些东西，不断地起立立正扬起手臂端着饮料酒水说些甜蜜蜜的话语，不断地把肚子喝得冰冰凉的还要眯眯笑着说：“新年好啊新年好。”然后坐在一大堆食物面前牵动脸部肌肉，使得自己看上去总是有心旷神怡的微笑表情。每每心里总在呼喊：“没意思啊没意思，真是他妈的没意思。”过年的幸福感不再像小时候那么虔诚，不再关心新衣服，或是好吃的东西。物质丰裕带来的另一个意想不到的后果就是人们不再轻易幸福。一个新鲜多汁的苹果，一件新的小花棉袄或是一个洒满糖衣的甜甜圈，都不能够让人为之雀跃。除非这个时候你身处撒哈拉。

大年初一，午饭后就和菜头驾车四处乱跑。后来到一个不认识的地方，依稀看到一座寺庙，下车仔细一看，原来是个烧香拜佛的地方，叫多宝塔。一座颤巍巍的古塔，塔顶上长了几棵掉光叶片的树，有些年代了，也有些味道。菜头说，我们进去烧香吧。我说：“既然说了烧香，一定要烧。否则不好。”

我们进去请香烛。人不是很多，大的香炉里面插了几炷香，香烛也不是很多，可能是这里人烟稀少的缘故。看香烛的是个上了年纪的尼姑，她笑眯眯地说，今天是弥勒佛祖的生日，烧炷高香吧。于是我们请了三炷金黄色的最好的高香，要了一对香烛。我顶着那三炷巨大的高香朝东西南北各拜了三次。菜头说，你许个愿吧。我说，心里如果愿望，用得着向佛祖许么，心里空空如也便够了。于是菜头也空空如也地拜了。

出来的时候，便觉得心里很饱和。

好朋友妞妞是虔诚的佛教徒，较之她，我似乎少了很多慧根。妞妞劝过我皈依佛教。她说佛教给她带来了无边的大欢喜。我总是觉得自己还是过于愚钝，杂念太多，不够宁静。或者说，生活还没有把我推到那一边。但是，每每路过寺庙，我总是会空空如也地拜上一拜，算是给自己虚无的人生投射一个小小的烟花的一瞬，让自己知道，自己还活着，像棵花或是草或是一个玻璃杯那样的存在着。心里有小小的欢喜，像微风拂过花和草，玻璃碎裂在水里，没有声音，只有微微的记忆的波痕。然而达摩说，千古万古空相忆。还说：一花一世界、一佛一如来；又说，一切皆为虚幻。

所以我总是说，还是让我做一朵花吧，或是一株草，哪怕是一颗土豆也好。这样的话，即便虚幻，我也不至会羞愧。

然而，我的初一，依旧幸福。

她疯了

在夜晚，陪妈妈去逛街。在一个大的超市门口，看到一个穿缁色棉衣的女子，用帽子兜住头，缓慢地行走。妈妈似乎认识她，又不敢确认，于是犹犹豫豫地叫了她的名字。她依旧缓慢地走来走去，眼里空无一物，似乎和我们隔着一层无形的玻璃。她是那么安静，安静到让人感觉微微的凉意，一股令人压抑的悲凉气息。

“她疯了,走投无路了。”一个在收旧纸板的老太太插嘴道：“她整天都喜欢呆在人多的地方，不到家里人找不回去。但是又不肯和别人轧道。别人说话她好像也听不到。她疯了，真是作孽。”

原来她曾是一个完好的女子，也算端庄秀丽，心性清高又聪明。在年轻时结识现在的丈夫,很快结了婚。然后和丈夫一同创业，攒下大笔家产，很是过了一阵优游的生活。然而老天总是不作美，或者说她福分不够，应了那句老话：女子无才便是德。也应了一句现代话：男人有钱就变坏。她的丈夫很快厌倦了她，在外面有了女人，并且不止一个，每天灯红酒绿，挥霍大笔钱财。个中具体曲折外面人不得而知。然而她最终疯掉了。有一种说法是被她丈夫毒打至此，也有人说她对丈夫用情太深，受不了这个刺激，所以疯了。无论怎样，她是一个可怜的女子，所以她整日在人多的地方出没，人家也不嫌她。以前只要她一出现，人们还会议论纷纷，有些触景生情的阔太太看到她还直掉眼泪。后来日子一长，她的事情渐渐淡去，人们看到她，便习以为常，就当她是一个门牌号，或是路边的一个电线杆，她渐渐成为别人眼中稀薄的空气，甚至连谈论的价值都没有了。这便是时间的力量。

然而，时间终究是不够快，依旧把她遗留在她丈夫身边，她每日依旧在人多的地方安静地游走，眼神空洞，向四周散发一波又一波悲伤的凉意。但是已经不会有人驻足或是扼腕叹息，她成了人们平淡生活中的一个点缀。她悲伤，她疯了，她的世界崩塌了。然而，终究那是她自己的事情，和别人无关。她现在很平静，不，是安静。

她安静是因为她疯了。她疯了，她的心灵便安静了么？这样平静空洞的一张脸，是在经历了多少苦痛和折磨，多少眼泪和心碎后才得来的？她疯了，也许更好。佛说：人生在世如身处荆棘之中，心不动，人不妄动，不动则不伤；如心动则人妄动，伤其身痛其骨，于是体会到世间诸般痛苦。

那么她疯了，还会痛苦么？她空洞的眼神里，装的是些什么？她的宁静背后有纷乱的现实和巨大的痛。她究竟是应该选择做一个向生活妥协的人呢，还是做一个彻底的疯子？或者她根本就没有选择。这些，我参不透，不知道她参透没有。然而，如果有可能的话，我真的想了解一下她现在的内心，因为我从不敢否定一个疯子的智慧。谁知道呢，说不定现在她就在嘲笑我们这些所谓正常人一本正经所作出的一切？

你是我的冤家

在古代的戏文里面，冤家是一个暧昧的词汇，如果一个女人称呼一个男人为冤家，那么肯定是这个女人爱他，于是怨他。爱和恨总是紧紧地捆绑在一起，有多少爱，就有多少恨；有多少怨，就有多少遗憾，多少美感。这个世界总是错乱，总是循环。一声“冤家”叫得娇滴滴怨生生百转千回荡气回肠，对于每一个女人而言，冤家是我们前世的宿怨今世的劫难我们一辈子都逃不过的五指山。

最近我和春在一起的话题无外乎男人和女人。其实如果一个人能够把男人和女人之间的问题参透了，肯定是一智者，不去当和尚做尼姑普度众生绝对浪费。

我说过爱情是痛。其实这个痛不是冤家带来的，所有的痛都是庸人自扰自寻死路自找麻烦自生自灭，所有的痛都是那么无关紧要不痛不痒不清不楚。我记得读书的时候集体看过《泰坦尼克号》后，许多许多的女生在周记上为 Jack 哭天抢地哀悼世纪末她们能看到的最后一个好男人，更何况还是个帅男人。但是有个男生写了一句话：比起海上的无数具死尸，Jack 和 Rose 的爱情又算得了什么。就因为这句话，老师非常欣赏。老师是个男老师。男性总是喜欢用非爱情的眼光看待一切事物。当时还有个挺迂的男老师在给我们上婚姻法的时候说过一句话：女人因爱而性，男人因性而爱。然后我们班所有的男生包括一定数量的女生因为这句话彻底改变了对他的看法。

我始终认为男性和女性有着动物和生物、精神和神经、条件反射和心理辐射之分，所以如果爱情了，那么更多的是女人的事情，如果一个男人坠入爱河了，那么至少那个时候他不是那么男人了。一个成天为爱情昏天黑地的男人不可以说他不是男人，至少说明这个男人有点女气，对于一个男人来说，爱情不过是调味剂。爱情之于男人，是他种在后院的一棵苹果树，他种下这棵树后就可以坐在树下等着红的绿的苹果掉下来，很美很享受的事情。当然，他如果吃腻了苹果还可以去种棵樱桃树李子树什么的。有人会问这个和女人有什么关系，我说当然有关系了，因为女人就是那棵苹果树。

所以，作为是一棵苹果树的感情生物女人，如果长苹果了，掉下来的时候会痛，不长苹果，说明你是棵失败的苹果树。男人吃完苹果就扔了，虽然有的果肉会长到他的心里去。但是于女人而言，被扔掉的果核里还有一颗心呢。苹果就是女人的爱情。无论在枝头，还是落下来了，都是一种悲剧，虽然这个悲剧是那么地美。但是它会使你疼痛。就像张爱玲说的：自从见了他，她便变得很低，一直低到尘埃里。但心里是欢喜的，从尘埃里开出花来。而事实证明，这颗尘埃里长出来的苹果依旧冰冰冷地装满了疼痛。

有一种方法可以让你不痛，那就是不爱。不爱太难做到，就像你想纯净，你便不呼吸，因为空气里有太多的病菌。那就选择麻木吧，醉生梦死是每个人的美酒。长假很忙，我还是看到了几张好碟。韩国的《周末同床》，日本的《爱之亡灵》，美国的1979年的《哈诺德和莫德》……都是关于爱情。我都找不出一部不是有关爱情的电影——这个世界真的有那么弗洛伊德么？

犹如梦魇

我要说的都是真实的故事，尽管会让有些人森然起怖，但是可能许多人都会遇到。如果这些事都只是我一个人摊上了，那么我会更加坚强地生活下去，这让我感觉自己简直像个女巫一样，有通灵的本事了。

有一次，我发现自己没有办法醒过来，但是我要拼命让自己醒过来。我还发现旁边坐了一个人，他看着我。我在内心努力把自己唤醒。到最后我终于醒了，有后怕的感觉。我把这个梦告诉我的一个朋友，她年纪比我大多了。她说，你这是梦魇。她也有过恐怖的梦魇故事，甚至因此落下了百日咳的毛病，每次发作的时候一定要吊很长时间的点滴，一定要吃冰糖炖醋才能好。我还听过无数人的梦魇。每一个梦魇都像淹没在水里，每一个梦魇都有另外一个“人”存在。每一个从梦魇中努力醒过来的人都很勇敢。

有一次，我和菜头去阿姨家。到她楼下等开门的时候，菜头发现旁边有个异常可爱的小女孩子，有雪白的肌肤和明媚的笑容，他不禁想去摸摸这个小女孩的头，结果他发现自己摸到的是个拖把。这让他出了一身冷汗。

还有一个故事，是我爸爸妈妈转述给我听的，因为我对这个事情几乎没有什么记忆了。据说在我很小的时候，有一次我在夜间掉入水里，据说在水里泡了很长的时间，就是没有沉下去。到最后大人惊叫着把我救起，每个人都在奇怪这么小的孩子怎么可以在水里若无其事地呆那么久，然后我对妈妈说，我看到了一只小乌龟，一只小老虎，它们一直在岸边陪着我。这个故事挺像个劣质的杜撰品，但是我非常希望这是真的。我甚至根据我妈妈的叙述在头脑里有了我落水的真实场景，一个黑夜里的池塘，里面长着幽暗的水草，长满苔藓的石阶，那两个小动物清晰的模样……我真的真的希望自己生活在一个非常 magic 的世界，那么我不做女巫做只女巫的兔子或是兔子吃的草都乐意。这就是我看到宫琦峻的电影那么激动的原因。

最后一个故事，没有添油加醋的成分，不相信的人可以把它看作是我一个热昏头了的梦。有一次，我们有位邻居在外面突然脑溢血去世，据说是位沉默寡言的中年男子，我和菜头都不认识他。他过世的当天晚上，菜头清晰地看到有个黑影站在我床边，这个时候他应该是处在梦魇时间，最后他努力醒过来，把家里所有的灯都打开了，但是发现空无一人。于是他把他蒙了灰尘的东洋大刀找出来抱了睡觉。第二天晚上我也被淹没在水里，又一次梦魇。我也感觉屋子里有人。从那以后坚定的无神论者菜头也神神叨叨了一阵子，目前基本复原。但是他听别人说类似的故事不再会流露出不屑的表情。这让我感到非常欣慰。

吃喝问题

把吃和维系生命联系在一起是我小时候关心的事情，在那个苍白消瘦的时代，我总是想，人要是只喝水就能活，那有多好。小时候我讨厌吃东西，但是不吃东西会死，但是呢我又特别怕死，因此我从小就是个矛盾的人。特别是在漆黑的夜里，窗外一个明晃晃的月亮，我心里充满了恐惧和悲伤，我总是会想象自己身染了某种致命的疾病，最后无比悲惨地死去，我甚至会为此眼泪汪汪。但是每当早晨的阳光暖暖地照在我的小床上的时候，我心里复又是欣欣向荣了，大家都说我是个 shiny girl，但是他们从不知道我在黑夜中无谓的恐惧。这跟我对食物的态度是不谋而合。我对食物抱有一种又爱又恨的感觉，所以我做不了一个顶级的美食家。据说美食家对糟糕的食物也抱有美好的感觉，心怀虔诚地咀嚼每一样入口的食物。还有的美食家用看情人一样的眼光看食物，是异常恭敬的状态。殳俏甚至还写了本书，叫《人和食物是平等的》。我家里还有好几本有关美食的书籍，有的看着如同嚼蜡，但是有些确是活色生香的。我总是对讲究吃但是不贪吃的人抱有好感，对吃相文雅的人抱有好感，对不浪费食物的人抱有好感。对于食物的滋味虔诚的人抱有好感。长大后，我的味蕾也有了一定的进步，不再 live on food，而是 enjoy food 了。这让我感觉很高兴。

对于吃，我总是很起劲。但是话说回来我对很多事情都很起劲，只要是在我感觉起劲的时候。就像食物养生问题，我总是对这个人说，牛奶和香蕉不可同吃，橙子性温桔子燥热；或是对那个人说，玫瑰配枸杞，冬日饮用，甚好。但是总是有很多人不服气，捏着我的鼻子说，米米，你理论一套又一套，怎么还把自己养得那么瘦。当然，往事不堪回首月明中，现在我胖些了，所以我的理论应该增加些权威性了。我现在比较有些像美食家的地方就是我和他们一样讨厌垃圾食品。虽然每次老麦老肯推出新品的时候我死活都要去品尝一下，但是现在我可以毫不迟疑地拒绝点薯条和炸鸡翅，只吃卡路里较低的橙汁玉米粒和酸奶。这些都是对心灵有益的食物，是一种自我关爱。所以我认为一个坐在快餐店里吃健康食品的人是幸福的人，一个始终微笑的人。

我的混沌像一把草

时常感到茫然，我知道这是因为我还没有完全成熟的缘故。虽然在花瓣鱼的测试里做到有三十岁，也许只是代表心理，而非心智。一个心智成熟的人不会时不时地有茫然的表现，或是无端的颓然。当然这也许说明我可以又一次地成长了。但是这样的蜕变实在是很烦人。快奔三的一个人，依旧要像个高小学生一样在本本上嘀嘀咕咕，实在是件恼人的事情。

我和秀才一样迷信“子”的话，子说四十不惑，但是我渴望提前不惑。虽然我推崇顺其自然，但是有惑的日子我实在是不喜欢过。所以尽管我已经发育完全了，但还是非常希望能有心智上的二度成熟。最近还有个不好的习惯，就是静不下心来看些好书，和朋友聊些好话，学雷锋做些好事，只喜欢做些白痴弱智的事情，发发呆，浇浇花，吃吃零食，亲亲小孩。我的二度成熟不能像在阳光雨露下的小花小草一样欣欣向荣，只能像捂在被子里的香蕉一样任其腐烂了。虽然我喜欢做弱智事情，但是还是希望能用不惑的剔透心灵去做，而非混混噩噩地在一家又一家服饰店之间游走，在夜晚的人群里跳舞跳得像一只抽筋的老鼠。呜呜，我很痛苦。

每当我痛苦的时候，也就是我无聊得发腻的时候，也就是我生活没有目标的时候，也就是好多天没有天上掉馅饼的事情发生的时候，也就是我生理期快要到的时候，也就是我白天话痨晚上话唠在电脑前话痨说话非常没有水准的时候，我会比较脆弱，在这个时候我会觉得自己糟糕极了，简直像那个扛着扫帚热衷于调制匪夷所思的配方毒药的格格巫，她是我小时候最讨厌的人。在这个时候我的心情很难 high 起来，我觉得自己就像一只瘸脚的凳子，一部糟糕的小说，一个刮着大风的晴天，让人沮丧。不知道说了这么多丧气的话后会不会有物极必反的效果，但是我真的希望我明天能够清透起来。

吃，还是不吃？这是个难题

中午路过一家咖喱店，日本料理的装潢，却卖印度口味的东西。其实一开始就应该对这种东东合壁的饮食怀有戒备心理，但是女人的好奇心可以摧毁一切，于是我依旧进去了。果然，一坐下我就开始后悔，橙色的金属座椅和香味刺鼻的洗手液，大朵大朵的塑料假花和过于矫情的装饰壁灯，青瓷盅里的茶水和玻璃桌面一样冰凉。服务员倒是穿了鲜艳统一的制服，但是她们乱蓬蓬不加修饰的头发，她们胡乱托着餐盘走来走去的姿势，她们找钱时大大咧咧把人民币往桌上一丢转身就走的风范无一不在提醒着我做好面对食物的心理准备。我点的是一个鱿鱼沙拉和女士咖喱餐。果然，这些食物摇摇欲坠地被端到我面前，是过家家一样的做派，一个高脚小盘，装米饭和色泽幽暗的咖喱，虽然依稀可以见到里面的土豆胡萝卜和牛肉丁，但是这么糜烂的咖喱还是不禁让人感觉它被炖的时间过于长久了一些。米饭旁边是一个加盖的小钵，打开盖子后并没有如我所愿那样热腾腾地冒出温暖的气味来，而是温吞吞地散发出一股乳腐的味道，用不锈钢勺子舀了尝一口，依旧是呛人的乳腐的味道。套餐里还有一个鱼型的小磁盘，里面放着一小堆浇了沙拉酱的乌冬面，和三块橡皮大小的炸鸡胸肉，一开始的时候我还以为它们是臭豆腐。

而后是鱿鱼沙拉，刚摆上来的时候倒是没有让我失望。切得细细的苞菜丝，拌些许沙拉酱，用碧绿的黄瓜片做点缀，最后在上面放了几道炸成金黄色的鱿鱼圈，模样倒是很讨人喜欢。但是吃起来就不是那么回事了。鱿鱼圈老得像橡皮筋,黄瓜片尚可以入口，但是那个苞菜丝，天，咸得跟盐不要钱似的，我长这么大还没吃过要放盐的沙拉！

要尝新鲜，毕竟是要付出代价的。犹如神农氏尝百草一样，不中中毒，不麻麻舌头，怎么可以造福人类？同样的，十顿猪食换来一顿绝味，是不是就可以告慰无辜的小胃？想到前一阵子兴冲冲地和朋友去新开张的葱太郎体验一下，结果吃到了两碗油腻腻的“方便面”，去水天堂吃欧陆风情餐，结果觉得最吸引人的还是那个在面包房里卖三毛钱一个的抹了黄油吃的全麦餐包，这么折腾来折腾去，其实罪魁祸首还是我们亲爱的味蕾。

大头弟弟

今天在舅舅家晚饭。大家吃完后就围成一圈打牌。我向来对数字头痛，于是跑到大头弟弟的卧室看棉棉，看了一会儿觉得没劲，就想用大头弟弟的笔记本写字。他的开机密码是 superman，每隔一个字母就要大写，提示符是他女朋友的名字。大头今天喝了点啤酒，有点晕，到最后差点把电脑敲碎了才算开机成功。他用了威廉古堡作桌面，是非常诡异的感觉，但是很美。他给我放阿桑的歌，听寂寞在唱歌。他给我用加加拼音打字，写字的时候会显示出来漂亮的蓝色小花朵。我发现用大头弟弟的本本也是很美丽的感觉。因为他的本本里有许多青春的东西，有一览无余的张扬或是忧伤。还有写给女朋友的情书，缠绵或是俏皮，都是让人感觉快乐的。这让我感觉像是回到了读书的时候，穿棉布的衣服和鞋子，头发像花朵一样柔软。他让我想起我漆黑的青春，那个在最灿烂的阳光下的暗室，里面满是所有的青春期的孩子都会遇到的不安和痛楚，彷徨和游离，寂寞和动荡，还有倒塌一般明媚的快乐。

大头总是给人快乐和游离的感觉，他长着一张轮廓分明的、没有思想的脸，所以给人的感觉很安全。任何女孩都可以跑去欺负他或是敲诈他，他也会摆出黄飞鸿的姿势来抵抗一下，但总是失败。别以为他傻，他只是让人感觉安全。我总是说，做大头的女朋友会很幸福的。我这么说是没有根据的，因为我没有亲眼见过大头会对他的女朋友如何如何，我只是感觉。但是我的感觉是有根据的，我的根据是我这么多年来对他的了解，和他所受的欺凌。尽管他一到初中，个子就比我高，尽管他长着长着就一不小心长到了一米八零。我从来不把我当成他的姐姐，他似乎从来也没有向姐姐讨红包的概念，相反地，当他还是一个标准的大头儿子模样大的时候，每次来我家就知道给我带两包薯片，我喜欢他哪支笔哪本书，可以尽管拿去。我做大头的姐姐从来都是无怨无悔的。

大头在念高中的时候恋爱，我总是可以毫不费力地在他的书包里翻出一张又一张的情书。我每每读完后就不动声色地放回去，他每次都是浑然不觉。前两年他读大学后我终于在他请我吃冰激凌的时候看到了那个女孩的大头贴，有云朵般甜美可爱的脸，微笑的时候特别清透，从那以后他不再忌讳在我面前谈论他的女友。

我知道我如果生个小孩，大头会是个完美的舅舅。想到这里我就有点忧伤。尽管生活在不断上演，尽管我们如此幸福，尽管大头依旧快乐，并且充满安全感，尽管若干年后或是不久后我的宝宝会像个完美的天使一样对我微笑，但是我们的时光我们的青春就是在这样的美满中渐渐流逝，就像涨潮的时候清凉的水会淹没美丽的鹅卵石，就像退潮的时候会留下沙石，也会留下珍贵的金子或是宝石。我们的不完满便是幸福，我们在一次又一次的流逝中获得幸福。我想我是幸福的,尽管每一次幸福的结果都是逝去。我在幸福中似乎又隐隐听到我们小的时候把大头围在圈中朝他唱的儿歌：

> 大头大头，下雨不愁。
> 人家有伞，你有大头……

那个时候，我们纯洁得像天使。

半爿阳光半爿雨

早晨是非常奇怪的天气。

六点多，在连续下了很多天的雨后，在寂寥的温度中，阳光用一种异常明媚的姿态出现，仿佛是黑夜里突然打起的太阳灯，亮得不够真实，几乎使得我渐渐习惯阴郁颜色的眼睛有点刺痛。

终于，在很多天的雨后，放晴。

但是我不觉高兴，好像是一个冻僵的人，进入了温热的浴缸，只会有刺痛的感觉，或者是依旧麻木。

这没什么，只是正常的生理反应。

鱼在下午一点打电话来，依旧是肆无忌惮的张扬，她要结婚了。我在两年前的冬天见过她的男朋友，儒雅而羞涩，我们大笑的时候他总是低下头搅咖啡，不多的言语，但是掷地有声。鱼是非常自我的一个人，却无比重视别人的感觉，她总是问我，他怎么样，他怎么样。似乎我说了他不好，她便会眼都不眨一下地离去，我说句好，她便欢天喜地。鱼是个聪明人，她只是喜欢情绪化，她只是需要重视，需要认同，需要每个人都需要的美好感觉，就像我一样，就像每个女孩子、或者是女人一样。就像忐忑，就像犹豫，就像冰凉的冰激凌，就像我们所有错过的一切，就像永远的需要被爱。

鱼的电话让我感觉雀跃了一点，犹如鱼在水里突兀而又优美的一跃，很多透明的水珠散落。

鱼当年是我们宿舍的读书圣女，各科全优，成绩总是稳居第一，做事异常有恒心，我和她就像是赤道和北极。我和她总是争论，总是偶尔糊涂偶然犯错，总是到处找牙刷找电筒，总是抱怨自己太瘦。我和她总是张扬地大笑，但是我和她又是无比的沉寂。

真的，这一点都不矛盾。

我在这个雨季开始前一阵子就开始沉寂，就像某种休眠。我厌倦说任何的话，或是文字。阅读的习惯和口味也开始有了改变。我试图寻找安静的文字。我甚至找牛牛，我对她说，我想皈依。其实我知道，我只是需要真实的安静。

在冬至那一天，我买了一包玫瑰花茶，Jan 建议我买那个庞大的茶叶连锁店里最好的。于是我用超市里几倍的价格买了一小袋干枯的玫瑰花。我把它们放在我抽屉的深处。每次打开的时候会有浓郁的香味。玫瑰的味道让水的触感变得厚重，像一把拨不开的浓雾。玫瑰水的味道让我想到闺阁。

Jan 这个时候在丽江，她最终还是去了香格里拉。前天她给我发了个短信：米米，你没有来丽江真是可惜，泸沽湖美得我都不想回去。Jan 的短信让我感觉安静，因为那个神秘区域的幻象，因为暂时的不可到达。

Jan 在我买玫瑰花茶的那天送了我两双玳瑁的筷子，她给她的老公选了一双有鱼形图案的。我想对她说，鱼的图案最好是你用，因为在古代，鱼代表的就是女性。但是我终究没有说，她的老公是生意人，年年有余，是很好的彩头。

我眼前浮现出 Jan 少女时代的样子，垂顺的童花头，很大很亮的眼睛，说话的时候喜欢微笑。还有鱼，消瘦安静，像开在闹市里的一株兰花，大笑的时候无比张扬。她们是我的朋友。我们总是在一起，在不可阻挡的岁月里渐渐凝固。我们总是在一起。

贝塔的匹萨很好吃

喝下午茶的时候很重要的一道程序就是点心点得好不好。我不是喜新厌旧的人，但是在吃的方面特别爱新鲜，每次点东西都喜欢换花样，所以吃到了不少乱七八糟的东东。我在永乐吃过一张叫匹萨的猪油面饼，虽然他们的公司三明治做得不错；在新岛吃过一张浇满匪夷所思的糊糊的草莓松饼，但是也在莆田吃到过美味的花生吐司。很多时候这些奇怪的东西都是和我的女朋友们一起吃到的，很少和菜头吃到过。原因很简单，至少我是这样认为的：女性喜欢尝试新鲜的东西，或者说敢于尝试，而男士则比较四平八稳，喜欢点自己尝过的，并且是中意的食品或是店铺，和他们对待爱情的方式不太一样。这个和女士的作风在很大程度上又一次保持了平衡或者是互补。

这次和一个可爱的女孩子 X 去贝塔，因为她特别喜欢贝塔的汤品，可惜这次是乌骨鸡汤，放了枸杞和人参，有很浓的药味，我们最后皱着眉头把汤喝了好几下。我们今天到贝塔的时候已经是饥肠辘辘了，又都是好吃贪不厌的人，于是又一次体现了女孩子的无知无畏和随心所欲，在晚餐前除了店里赠的茶品外，还点了大份的珍珠奶茶，和一个海鲜匹萨，然后我们又点了没有吃过的套餐。女孩子的餐前食欲和实际胃口永远成反比。

今天我们又看到一个美女，就是这个桌面的服务小姐，长得很混血，很有点 Maggi Q 的味道。我们挤眉弄眼窃窃私语研究了她老半天。后来匹萨上了，烤得非常漂亮，起司也放得多，可以与必胜客在外形和味道上媲美，特别是叉起来的时候那个起司也可以拉出好长好长的一条条丝丝，让我美美地想起“富足安康”这四个字，就像一老农民在晒谷场上看到满满的一地大米一样，爽歪了。也不知道是为什么，我们用非常美美的姿势吃了两块匹萨，喝了大玻璃杯里的冰奶茶，和小壶里的热奶茶，觉得非常幸福，虽然空调很凉，但是觉得跟吃饱了在大冬天的午后在玻璃窗下晒太阳一样惬意，依旧是“富足安康”。

说到这里还不得不提一个插曲，贝塔的墙壁便是巨大的玻璃，所以屋里屋外都是一览无余，这个人类很清楚，只是一览无余罢了，但是要真的进来还是要掏票票的，不能投机取巧，实在想的话就走走后门爬爬窗户什么的。但是有只麻雀看不透这一点，它啪地一下就撞在玻璃上，然后掉到地上，如果拍成动画片，那只麻雀周围肯定会有很多星星乱转乱转的。后来菜头就冲了出去，把那只鸟抓在手里，我估计那只鸟头还在晕，我们眉开眼笑地表示同情。L 说它肯定脑震荡了，至少头部骨折。这个时候 X 说她家里有条狗，女朋友特别多，是条花心萝卜狗，还和另外一个品种的动物关系暧昧，X 表示要把这只麻雀带回去做她狗狗的女朋友。我们都表示赞成，但是菜头最终没把麻雀带进来，而是把鸟放在了玻璃墙边我们可以近距离看到的地方，还十分认真细致地洗了手，尽管禽流感过去了多时，我们毕竟还是怕的。于是我们吃饭的间隙全部用来看这只鸟，一边还啧啧地表示猫哭老鼠的惋惜。X 再一次表示要把麻雀带回去，没死的话给狗狗做女朋友死的话就炸了给狗吃。我们都觉得做 X 的狗真幸福。

后来有个贝塔的员工，估计是开车门的，一胖子，年轻、幼稚，白衬衫，扎一条领带，他开始奋力地追那只鸟。那麻雀在我们面前晕头转向地装楚楚可怜，但是一旦大敌当前它就十分地灵活自如，虽然飞不了，但是腿脚功夫很好，一会儿蹦到车底下，一会儿溜到灌木丛里，把那个白衬衫给逗得，快气急败坏了。X家狗狗的女朋友么，自然是不同凡响的。我们扑在沙发上都笑得不行。后来那白衬衫终于把麻雀逮到了，还用白线扎了它的腿放在手臂上，是托老鹰的姿势，他还托了这只麻雀在我们的玻璃墙前走来走去，也是得意好玩的表情。我们想这下好了，这只麻雀至少不会被炸掉了。

付帐的时候，我们对那个混血美女说，一会儿跟你们老总说，那个白衬衫在工作时间到处抓鸟，容易传播禽流感，一会儿别忘了让他洗手，哦。

关于梦境

小的时候，一直会做持续的同样的梦。在暗夜，无边无际的漆黑中，一个人坐在一张大的靠椅上兀自漂流；或是躺在潮湿黑暗的地上，盖一张同样黑而稀疏的网，并且是沉重的，很有质感。很多时候我在这些梦中醒来，心里是悲凉的感觉，用现在的话来说，就是空洞。回想起来，也许我并不是一个有着快乐童年的孩子，虽然一切看来似乎都是称心如意的。

小时候的睡眠不好，不容易入睡，并且容易惊醒。每过九点，爸爸妈妈走路关门都是小心翼翼的。但是我依旧会醒来，所以我的白日梦特别多。很多的时候，我瞌在课桌上做一些匪夷所思的梦，抬头张眼看到同学们一张张喜笑颜开的脸，我会感觉很奇怪。

长大后我的梦开始变得不同。有人说梦有分彩色和黑白的两种。但是我记忆中的梦境从来都是黑白的。在外师读书的时候，有一次我梦见我们家门前的台阶上放了一口金色的棺材，妈妈死了，躺在里面。我一直没有敢把这个梦给妈妈说。直到有一天妈妈打电话过来说她炒的新股中了奖，净赚两万元。原来做梦做到棺材是"升官发财"一说不是骗人的。又有一次我做梦做到一个与我毫无瓜葛的男生，在一个黑漆漆的水磨房里一瘸一瘸地走路，他慢慢地转过头来，脸上布满皱纹，是凄苦而有些狰狞的神色。现在很多年过去了，事实证明他过得并不好，有时候想起那个梦。还是觉得奇怪。

有一阶段我热衷于替人解梦，每天晚上熄灯后盘着腿披着头发在床上给一群眼睛亮晶晶的女孩说着梦和前生来世的事情，像个蹩脚的女巫，但是说服了很多人。那时候我有个雅号：苏半仙。

那个时候我依旧有严重的失眠，很多时候我插耳机听电台彻夜播放的音乐，有些轻音乐不错，有些歌烂透了，每个失眠的暗夜都是一次绵长的梦魇，我穿着白色的睡衣游荡于厕所和宿舍之间，我厌倦了做白日梦，我渴望睡眠，我渴望在柔软温暖的床铺上安睡到天明，哪怕彻夜都是恶梦连连。

后来不知道为什么，我的失眠一下子好了，这真是一件幸福的事哦。即便梦境空洞。

人人都爱卡路里

我有个网名，叫人人都爱卡路里。卡路里是发胖的关键，很多食物里卡路里含量都很高，包括炸薯条，包括铁板披萨，包括冰激凌和巴西烤肉。这都是让很多人谈之色变的东西。我热爱含有卡路里的食物，虽然我很瘦，但是我很爱吃，而且很能吃。和我一起吃过饭的人都觉得不可思议。

小时候我大概有小儿厌食症，贫血，苍白。一日三餐食之无味，我不能从咀嚼中获得快感。后来到外语学院读书，每天清晨天不亮起来跑步，胃口陡然好起来，就是食堂里的包子茶叶蛋也能吃得津津有味。外国语学院一般都地处偏僻，校长在开学典礼上也说：这是个野猫不拉屎的地方。所以没有美食街没有小吃摊，整个学校就一个小店，卖的无非是生活用品火腿肠方便面之类的东西，唯一可以换换口味的地方就是校外的几家农舍，在那里可以用很少的钱吃到蛋炒饭和雪菜肉丝面，带着浓烈的家常气息，农妇端面上来的手很粗糙，黝黑透红的脸上是殷勤朴实的笑意。

成长的日子即是一个饥饿的年代，我们一个宿舍个个都好吃，特别是零食，每次月初返校都会带一大包的吃食，饼干方便面薯片花生豆开心果波力海苔，每到晚自习回宿舍，或是周六，我们都像一群贪吃的老鼠，宿舍里一地瓜皮纸屑，每个人都在床上看着言情小说背着单词不遗余力地吃吃喝喝，每个人都在唠叨害怕发胖，但是谁也停不了嘴。我们的吃福很好，犹如一群掉进米缸的老鼠，每个星期都会有家长来送吃的送喝的。我们宿舍里有个女孩子的妈妈厨艺很好，会做可口的煸炒南瓜和梅干菜扣肉，是普通的菜肴，但是味道不同一般。我们宿舍里设有公款，每次考完事就集体跑到市中心吃火锅吃自助餐吃很多没有吃过的东西。我们宿舍里还有个女孩子的爸爸很疼她，家境又是很好，到水果旺季的时候差司机每天送一篓新鲜水果过来，午饭过后大家又大啖水果，八个脑袋凑在一起，围着一个废纸篓剥壳吐籽，很像丐帮里的一群乞丐围着篝火烤鸡吃，场面很是壮观。

再到后来，我们毕业了，难得碰头一次，偶尔同学聚会，还是离不开吃吃喝喝，有时候想起那两元一盒的蛋炒饭和争争抢抢吃掉的水果，想到大胃娴熟的吃虾本领，想到灰灰发明的豆腐干的八吃法，想到小狗大冬天把冰激凌用开水泡了吃的虔诚，真是怀念不已。

豆豆啊，豆豆

昨天，我的一个同学结婚，我和他坐在一桌上吃饭，他隔着新娘子朝我奸笑道："米米，那么久不见，你还是那么的青春，呵呵呵……"

我很淑女地低头扒菜不说话。对于这种刺激，我已经麻木，就像一个半身不遂的人，即使受到再多的拳打脚踢，还是心如止水毫无痛感。再或者像我暴打菜头的时候，菜头会愉快地大叫："好舒服啊好舒服。"于是我气喘吁吁越发愤怒，越愤怒，心越痛，心越痛，力越小，直到最后菜头不战而胜。由此可见，半身不遂的人和菜头，都是高手，他们可以用自己身处逆境中的波澜不惊来气死对方，达到手中无剑得天下的至高境界。

所以，我决定，我也要做这样的高手。

所以，我淑女地低头扒菜，不时地用余光瞄瞄那个春风得意的新郎官，看他有没有因为我良好的道德修养而羞愧地钻到桌底下。

事实上，他也很快会钻到桌底下的……被灌的……

今天早晨刷牙的时候，我强烈要求菜头帮我挤牙膏，菜头一边挤一边嘀咕：你呀你，怎么这么嗲，长了一脸豆还这么嗲，这么嗲，以后怎么办，长了这么多大豆豆的一张脸，整天在我面前晃来晃去，晃来晃去……

他很快久不说话了，因为他看到有两只不长豆豆的眼睛在使劲地盯着他。菜头是高手，高手要有涵养。而我，菜头自封（自作主张封的）的“豆豆龙”，则是一个横七竖八不折不扣的暴力主义者，我的口号是，出门做高手，在家做打手。所以，菜头整天在喊：“好舒服啊好舒服啊。”

想象中菜头最后会幽怨地哼一句：“都是豆豆惹的祸。”

逝者如斯

昨天我的姑姑出殡，有很多人。太阳明晃晃的，晒痛了我的脸。但是很多人的脸，依旧苍白着。很多人在明晃晃的太阳下，穿着白色和黑色的衣服，在这个明媚的春日里，痛哭流涕，有人昏厥过去，有人泪流不止。我们在殡仪馆里寂静地穿行，有个小孩走出人群，靠在门边好奇地张望着这一切。她粉红色的脸上露出童真的微笑和快乐。她吃自己粉红色的大拇指。

我从未见过如此寂静的一个春天。

姑姑依旧在相框里笑着。逝去的人总是最豁然的，一如很久以前我爷爷在相框里的微笑。他们注视着我们的悲伤，和沉重。

很久以前我思考过关于死亡的问题，也说过许多无稽之谈。现在看来，可以总结归纳成为三个字：无意义。无意义是因为我的无知和不解，因为这个玄妙的世界，因为很多无意义的事情，或者也可以称为有意义。我认真地学习马克思的辩证唯物主义和历史唯物主义，但是它们还是没有解决我想知道的问题。于是我不断地无意义下去。

江南有一种习俗，死了人后尸体穿戴整齐停放在家，头南脚北，前面挂一白布帘，前来吊丧的人就隔了这层帘子磕头作揖以示哀悼。很小很小的时候，我曾经站在白布帘里面看那些皮影戏一样的影子来回晃动，他们有哭泣的面影。我和死亡站得如此贴近，但是我全然无惧，亦无哀伤，因为我的“不知”。在很多很多年前，庄子在自己的妻子过世后鼓盆而歌。老子死后秦失很淡然。我在无知的时候也具备超然的智慧，和《局外人》是两个迥然不同的境界。

无知者无畏。无知者不会感觉伤痛。

所以这个世界上最幸福的应该是傻子。

我指的是傻子，不是疯子。傻子大凡淳朴烂漫，笑得很天真，具备孩童的清澈度，是平静水的温和。而疯子让人感觉森然起怖，具备攻击性，大多是神志清醒的正常人在受到剧烈刺激后变化而成，所以疯子通常让人感觉不安感觉伤痛。傻子和疯子是两种迥然不同的境界，就像庄子丧妻的愉悦和《局外人》的麻木一样，是不可同日而语的。但是天知道，他们到底不同在哪里？

像春花一样烂漫

春天到了。

春天总是不期而至。

春天是让人欣欣然的，总是有明媚的阳光和很多可口的食物。但是在饭店里，这个季节是淡季，可能在这么可爱的季节里，人们比较喜欢做一些温暖的事情，多点时间给家人和小孩，即使吵架，也要比平日里温存一点。在这个季节里，人都比平日里多一点爱心，男性女性的荷尔蒙都要高涨一点，还有小猫小狗的，这是一个爱的季节。总是很温暖，并且性感。

在春天，出门的时候还是很冷，人们穿着各种各样的衣裳，有美丽的女孩子已经胆敢冒着感冒的危险把自己漂亮的胸脯露出来，在敞开的冬衣里面穿低领的黑T恤，头发披着跨着S步走得热情洋溢，美女像秋天晒场上的谷子一样冒出来，春天是多故事的季节。

但是在这个春天，我遇到得最多的是死亡。某一天，隔壁出租房里面一个女孩子跳楼自杀了，头上跌了一个大洞，她从三楼跳下去以后摇摇晃晃地爬起来，我有个朋友刚好路过，去搀了一把，但是当他知道是怎么回事后逃走了，以后的几天他走路的时候脚一直很软。

有一个很美貌的少妇，自杀了，她在这个春天割破了自己手腕上的大动脉，鲜血像膨胀的可乐一样冒出来，然后她感觉惶恐，给自己爱的男人打了电话，但是她的男人仍旧没有来，而是打了110和120,她被送进了医院,她没有死掉。她有美丽和骄傲的过去，即使在最困难的时候，她的脸上从来没有过悲哀和绝望，她在春天被一群陌生人送进了医院。我再也没有见过她。她在这个美丽的春天像一朵迟开的花。

前天我路过一个小公园，那里有一年四季常绿的灌木和美丽的花朵，春天的阳光很好，而且寂静。但是那天那里围满了人，很多很多人。那么多的人都在看一具死尸，尸体刚从河里捞起来，很多人的脸上都是诡异兴奋的表情。我觉得很奇怪，很多人看到死尸的时候比看到别人结婚都高兴。那个死尸就放在公园的公共厕所旁边，我看到一个男人提了裤子慢悠悠地走到人群里，他慢慢地蹲下去看死尸的脸，仿佛在观察一株刚长出来的绿芽。

晚上的时候我又路过那里，死尸已经被撤走了，清洁工打扫了凌乱的现场，一切都很正常，一切都没有变化。春天的夜间的空气还是湿润温暖。直到我看到一个豪客眼镜店的营业员飞奔出来，快速地跑回了店里。这里只有这么一个厕所，她经过我身边的时候我闻到了一股香水味，甜甜的。她脸上是惊恐的表情。

也许她今天晚上会做恶梦，但是第二天还是会在灿烂的阳光里醒来，她的快乐不会因为那具死尸而减少。而且很多年后，她上那个厕所，再也不会惊慌。

并且，春天仍旧是那么美好。

变形记

结婚的时候没有选择大影楼，而是应朋友的强烈推荐去了个人特色比较浓重的私人影楼，是一对言语不多的夫妇开的。两人曾在北影就读过，丈夫姚先生掌机，妻子辛迪处理内务，他们有个很妖娆的化妆师欧阳。

其实我和欧阳很早就认识了，在一个朋友的婚礼上，她是跟妆师，他们影楼的跟妆是全苏州市最贵的，一般影楼的化妆师一个晚上都收两百至三百元，但是他们要收八百元，技术是当然好的，影楼里人手不多应该也是一个原因。

初见欧阳是几年前的一个十月，我去影楼接她去酒店给我朋友化妆。那天的黄昏竟然很冷，下着雨，我穿了羊毛套裙和靴子还有点抖。透过被雨打湿的玻璃车窗，我看到一个穿戴时尚的女孩向车子走来，手里拎一个硕大的化妆箱。她简单询问了几句就上了车。一路上她一直安静地坐着，非常瘦，苍白，眼睛很大，是疲惫的神色，但是皮肤很好。

晚宴和她在一桌，挨得很近。她菜吃得不多，但是可乐喝得很凶，不说话，喝饮料的时候用喝红酒的姿态，我发现她的牙齿很黄，手指有长期抽烟留下的痕迹。后来我和她简单地聊了几句，她告诉我她已经三十多岁了，但是还没有男朋友。我不惊讶，因为她一看就是非常有故事的人，有故事的人都看不出年纪，而且不会过早成家。新娘换装的时候她像换了一个人，麻利地梳头，补妆，把花瓣撕下来别在新娘头上。我的朋友在她手里渐渐变成一个又一个让人眼花缭乱的天仙。

后来我也去那家影楼拍结婚照，很遗憾的是欧阳已经离开了。辛迪帮我化妆，她是一个让人感到舒适的女人，穿衣服很有味道，讲话声音软软的，我很放心把自己交给她。

拍完照，知道没有光盘送，因为他们还是用原始的胶片。

而且价格不菲。

但是心里还是欢喜的。

结婚嘛，拍照嘛，就是应该欢喜的，无论遇到怎样的人，怎样的事。

再说他们还都是美好的。

我用相机拍这些照片，然后拿出来，让自己再次看看这一生一次的变形，和回忆。

比比饭

有一阶段我特别喜欢妈妈不在家，因为这样的话我就可以自己出去吃饭。不是妈妈烧的菜不好吃，而是因为那个阶段我爱上了比比饭。

我们家隔壁就是个韩国餐馆。名字挺好玩的，叫“苏韩韩国料理”。说到餐馆的名字，还有好玩的，我先扯开一下。有一家韩国超市，也是我家隔壁的，像麻雀那么小，口气却很大，叫“大韩超市”。不过也有一定的道理，因为它专卖韩国东东，而且价格非常大，是名副其实的“大……韩超市”。离我家不远的地方，还有个店名，也好玩的，叫“明光烧鸡公”，一家做烧鸡公生意的店，牌子却搞得很风雅，还是按照古文从左到右的字序排列，所以一开始大家都仰着脖子吃力地念：公、鸡、烧、光、明……

然后言规正传吧，再来说比比饭。“苏韩韩国料理”餐馆搞得很韩国，里面播放的电视全是在韩国录制的新闻或是连续剧。因为来的大多是韩国客人。韩国人非常团结，有自家人在这里开店，他们绝不去中国餐馆，大韩超市能撑到现在，也是靠的他们。这个餐馆里的糖醋肉、炒杂菜和泡菜火锅都做得很好，酱汤也地道，但是我还是最爱比比饭，一份二十五元人民币，省时又甜嘴。比比饭是一个人的天堂。餐馆还有个特色，只要去到吃饭，无论吃多少钱，它都会送免费的开胃小菜，装在六个方形的小碟子里，穿韩服的服务生其实我都认识的，她们笑着给我倒一杯香香的大麦茶，但是不说多余的话。这是我喜欢的。遇到运气好的时候还能吃到我爱的小鱼干和海苔卷。

等开胃菜吃到差不多，比比饭也好了。比比饭是这个样子的：一个巨大的银碗，碗底放一张绿色蔬菜的叶子，叶子上有一撮饭，碗边饭上盖炒出来的菜丝，有时候是牛肉丝胡萝卜丝蕨菜丝，有时候是土豆丝青椒丝粉丝鸡丝……总之，无论是什么丝，做饭的韩国师傅总能把它们搭配得很好看，我想饭上的辅料大概是厨师随意搭配的，因为我还没有吃到过一次同样的比比饭。最后饭上再卧一个煎了一面的新鲜鸡蛋，比比饭就这么美丽地呈现在我眼前了。然后我会花很长的时间，坐在桌前，用沉甸甸的金属筷子把这么一个大碗里的一撮饭和丝丝吃掉。每次我都吃得很耐心很满足。

后来我想，比比饭为什么这么好吃呢？想来想去终于找到了一个答案：饿。因为我饿，所以好吃。每次吃比比饭都是妈妈不在家的时候看碟看书做乱七八糟的事情饿得不行了才投奔去的，饥饿的时候什么东西都好吃。但是我还可以点汤面，还可以吃石锅拌饭，我还有很多选择，我为什么每次都吃比比饭呢。我想啊，大概是因为它的辅料每一次都不一样吧，不知道这次吃到的会是什么，是好吃，还是不好吃，所以吃比比饭有种赌博的刺激。无论结果是输是赢，这个期待的过程，最吸引人。

当吞咽变成一种幸福

我有两颗长了很久的智齿，反复发炎，折磨了我很久，终于下决心去口腔医院拔了一颗。因为它长的位置奇特，拔牙时受了很多苦痛，甚至当手术进行到一半的时候，又跑来了三个牙医对着我张开的嘴巴敲敲打打，其中的一个被我拽掉了白大褂上的一颗纽扣。缝合手术过后，我始终觉得自己的嘴巴被炸弹炸过了。我还养成了一个坏习惯,爱照镜子。我总是觉得自己的舌头涨到老大，两片嘴唇就像加厚的火腿肠一样。当然这是我单方面的错觉，但是我吃东西确实变成一件难事，嘴巴不敢隙开很大，终日只得以汤汤水水糊口，饿得轻飘飘，走路时有嫦娥奔月的感觉。我把抗生素止疼片和牛奶同吃，又不忌食桔子，到第三天，终于药性发作，我可怜的小胃翻江倒海，火烧一样的灼痛，不住地呕吐，汤汤水水吐完了，就吐胃液，胆汁，难受得死去活来。当我被送进医院的时候已经十分虚弱，苍白、消瘦，挺热的天裹一件宽宽大大的长风衣，披散的头发盖住眼睛，要靠轮椅推行，经过我身边的人都用同情的眼神看我。

我这辈子都没有这么落魄过。

最后医生让我住院了，在一个同样苍白惨淡的病房里吊点滴，到夜间，疼痛让我无法入睡，只能侧耳倾听病房里粗重的呼吸声和走廊尽头传来的断断续续的水滴声。那样的时刻，宛若地狱。

最终做了胃镜，我的病症是浅表性胃炎，和食道反流，用通俗的话来说，就是胃里装不下东西，吃什么吐什么。就是喝一勺子水，几分钟后还是要吐出来。给我挂点滴的护士说，你得喝点水，我找不到你的血管了。我听了，身心都很痛苦。

住院那阵子我整日躺在床上，靠点滴过日子，每天看到同病房的人吃吃喝喝，心里羡慕得不行。世界上最痛苦的事情是什么，就是有鱼，有肉，有肯德鸡，你还有一副尽管拔了一颗，但是仍旧健康的牙齿，可是就是不能吃。鲁迅说，悲剧就是把美好的东西在你面前生生地撕掉。我是个过来人，我看有牙不能吃，坐在一堆食物中间靠挂点滴维持体力，比看着漂亮东西被撕掉要直接痛苦得多了。还有人说：中国菜是百分之八十的中国人活下去的理由。还有人说，美食就像你的情人，每一次的进餐都要满怀感情，犹如对待自己所爱的人。在病床上，我对这些话都有了更为深刻的理解。

在不能吞咽，躺在床上吊点滴的时候，我想，我出院后一定要好好对待我的小胃，从此不吃辣，戒掉咖啡芥末和烤肉。我想，以后一定要早睡早起，饮食规律，定时运动，做一个健康的人。我想，我以后还要钻研饮食科学，认真学习烹饪，做出又好吃又营养的膳食。我想，我以后一定不让自己的小孩减肥，要把她（他）养得壮壮的，毕竟健康比美丽重要得多。我想，当我可以吃下东西的时候，我就是世界上最幸福的人，以后一定不会向老公乱发脾气了……

所以，现在，当我吃完火锅，在夜间的十一点还坐在电脑前，再次回首我曾经的苦痛和深刻感悟时，我表示深深的忏悔。下次，我一定注意！

咖　啡

我们一到冬天就像热量耗尽的老鼠，到处去吃。我们吃麻辣火锅，我们吃酸菜鱼头，我们挤到小饭店去吃浓油赤酱的大盘鸡，甚至去烧烤铺里去吃撒满孜然可以把嘴唇吃到乌黑的鱿鱼串。我们的味蕾在哭泣，小胃在呻吟，我们的豆豆就像雨后长出的小笋一样，密密麻麻地布满了整个春天。

终于，不知道什么时候，开始流行喝咖啡了。

对于一个淑女来说，如果你上饭店，那么就是说，你只能做一只老鼠。但是如果你上咖啡馆，那就是说明你有点情调，有点小资，就是再去做老鼠，至少也是人见人爱的米老鼠，和吃木屑的时代不是一个档次了。

我也做起米老鼠了，虽然这只老鼠比较瘦。我去咖啡馆，一般不喝咖啡的，所以我既不小资也没有情调。我不喝咖啡，不是我不爱喝，而是不敢喝。要说对咖啡的热爱程度，想当年，光是速溶咖啡的包装盒，就塞满了我两个大抽屉，我把咖啡当水喝，喝到一天到晚不想吃饭，喝到精神高度兴奋，每天只睡几个小时还是神采奕奕，喝得我光吃饭不长肉，看上去比老鼠还瘦（当时我有个雅号，美其名曰：线段）。我有个年纪挺大的师傅，把我当孙女看待，每天看到我都要严重警告我不准喝咖啡，到后来她的劝解词变成了：要是你再喝咖啡，我打你屁股！

终于，在同志们同心同德的感化下，我决定戒咖啡，我把我的库存全都送人了，看到咖啡广告就转台，幸而我们办公室里没有爱喝咖啡的，眼不见为净，一些日子下来，相安无事，饭量长了，人胖点了，还省了我一大笔银子，皆大欢喜。

有一天，菜头带我去他朋友家玩，朋友的老婆也爱喝咖啡，她有一套精良的咖啡机，有星巴克的咖啡过滤纸，有上乘的咖啡豆，还会调卡布基诺。当时我们一堆人陷在大沙发里看碟，但闻厨房里传出了醉人的浓香……我不动声色地看碟……我看碟……我看……厨房里好像没有人帮忙哇……后来果然不负众望，女主人袅袅婷婷地端出一杯又一杯美轮美奂的咖啡(oh，my god。)。我继续不动声色地看碟，像催眠一样低声对菜头说：我不喝，我不喝，我坚决不喝。

尽管菜头用不信任的眼光看着我。

……

呵呵，后来，结果是，我把自己的那一杯喝了。

后来顺便把菜头的那杯也抢过来解决了。

石头当时在沙发里睡着了，我把他的那一杯端过来喝掉了。

后来我坚决没让女主人再帮我煮一次咖啡，所以，所以我这个人的自制力还是可以的嘛。

偷　窥

我每天都在偷窥别人的生活。

他们的窗户过于明亮，我的隐形眼镜功能正常。

我的卧室前面是条街，每天都有很多人一本正经地走来走去，上学的儿童穿得像摇摇摆摆的企鹅，他们的书包像海龟壳一样趴在身上，他们神情忧郁地啃着冰冷的面包，红领巾一半塞在书包里，另外一半拖在地上。卖烤羊肉串的新疆妇女在没有城管的时候大模大样支起摊子，一堆来历不明的腐肉在碳盒上吱吱作响。只有放学的孩子会买她的肉串吃，那些长着粉红色的脸颊，笑起来像花朵一样的孩子。她的五个孩子个个乌黑发亮，有的在乞讨，有的做过或正在做小偷，他们像一堆小老鼠一样挤在一起，每个人的眼睛都非常漂亮，他们的脸颊上全是泥巴，他们扭在一起打架，在烤肉散发出的焦黑的烟雾中快乐地咯咯地笑着。

我的书房后窗紧靠着一栋公寓楼，这是一个很僻静的地方，尽管住满了人,但是没有声响。很多玻璃窗后垂着质地考究的窗帘，上面有大朵大朵艳丽的花卉，在阳光下，可以刺痛很多双习惯在夜间工作的眼睛。也有些窗户挂着白色的棉布，天气好的时候会有穿线衫的女孩子洗完头发湿漉漉地靠在阳台上晒，她们喝水的杯子总是很漂亮。

其实最有故事的还是在底下。

公寓楼的底层是车库，很多没有车子的业主把它们出租，他们往往能得到很高的房租，因为这里不乏各种各样的外地女子，她们是年轻的，而且，漂亮。每一个车库外面都挂着一台空调，从早开到晚，不眠不休。她们没有在车库里建厨房，她们永远不会自己煮东西吃。

天不是很热或是很冷的时候，车库的大门都打开了，里面是花团锦簇的一个温柔香阁，这些年轻的漂亮的女子坐在门前的一个小矮凳上给自己梳头或是给宠物梳头，她们的宠物大多都是狗，可爱的，小而干净，穿着人一样的衣裳。有一个体态丰满的女子门前总是摆一个不大的方凳，上面晾着她鲜艳的内衣内裤。有时候她公然在门前半裸着身体刮腋毛，全然忘却了十几米开外的那一排排玻璃窗户。

到夜晚的时候，车库外面泊了很多汽车，有的会很快消失，有的第二天还在。有时候我从超市回来，路过那些车，会看到车里坐着抽烟的男人和女人，男的年纪有点大，女的化着浓装，满不在乎的神色里透出疲倦来。有一次，有一个非常年轻的女人穿着单薄的睡衣披散着头发坐在车边痛哭，她嘤嘤的哭声很动人，有个男人插着口袋在她身边踱来踱去，他嘴叼着烟，试图把她拉进车库，但是没有成功，她继续哭着，她的车库里的粉红色灯光打在她纤细的身体上，像一层透明的壳，或是提拉米苏上涂的一层草莓酱，她的哭声像牛奶一样在墨汁里蔓延开来。

她应该知道有很多人在黑暗的窗前看着她。

但是她不在乎。

一件瓷器

大D以前送过我一个瓷制的小物件，拳头大小一个，很像京剧脸谱中花旦的造型。

那天黄昏的时候，大D走很远的路来我的学校，我忘了那时候窗外有没有阳光，也许是在下雨，但空气确是湿润温暖的。我把那个小小的纸盒放进抽屉，然后若无其事地和别人说话。大D走后我一个人静静地打开盒子，看到有色彩的陶瓷的边沿，当时我以为那是一只小的碟子。然后我把它抽出来，然后，惊叹。

那是一张女人的脸。

它拥有一张典型的东方女人的面部轮廓，俊俏精致，稍带忧郁。象牙白的纯净底色，却有着日本艺伎样鲜红小巧的唇瓣。空洞的眼睛四周描了浓重的眼线，黑色的夸张的线条，勾勒出一个略带妖冶的、充满蛊惑力、同时又有点苍凉空寂的女人的面影。那些线条继续延伸，顺着脸颊的曲线优美地下滑，直至腮部，合并成为一条细致的尾线，并非百汇入川，而是殊途同归。眼睛的部位是两个空空如也的洞穴，放在太阳光里，眼睛可以渗下光线，于是她就变成了一张活动的脸。

线条的空隙里填充着一些艳丽的油彩和亮晶晶的银粉，额上则用银灰、淡紫和暗绿绘出三个类似花瓣的重叠的影，下面仍用黑色线条托了底，画成花蒂的形状，都用银粉细细描了边，很富丽簇拥的样子，是一种色彩缤纷的又规律又流动的美。

它的色泽是浓烈的，都是一些欢喜的颜色，组合在一起，却变成淡淡的哀伤。那时候大D刚失恋不久，还是很低落的心情，所以出差，看到工艺店里的这尊瓷器，会喜欢，喜欢的也许就是那眼中的空洞和决然吧。一件落寞的瓷器，被一个悲伤的人买下，又辗转到我手中，不知道为什么，却是件很美丽的事情呢。

小时候的滋味

小时候的我不喜欢吃饭。爷爷叫我“神仙”，因为我一天也吃不了多少东西，有不食人间烟火之嫌。那时候爸爸出差总会带回来很多零食，有当时很罕见的果冻，放在圆纸筒里的巧克力豆，或者是塞着奶油的蛋卷，我都不记得去吃，最后都坏掉了。只有果冻是认真吃的，因为我很喜欢那些盛着果冻的有褶皱花纹的塑料小碗，吃完后一个个攒起来过家家。我还是记得我喜欢吃煎得两面焦黄的带鱼和蘑菇肉片，虽然不常吃得到。上幼儿园的时候总吃一种泡泡糖，现在已经没得见了，这种糖放在学校门口兜售零食的老妇人的篮子里，和橄榄桃片萝卜丝之类的东西排在一起，长长的一条，约有一指多宽，塞在嘴里刚好把牙齿全部挡住，远远看去雪白一片，像拍牙膏广告。那种糖包装很粗糙，口感也很粗糙，所以价格便宜，因为大家都买，所以也一次次地吃，仿佛赶一种时髦。

小时候最让我引以为豪的食品是瓜子。在吃瓜子方面我是很有天赋的。大约才四五岁的光景，我就可以把大大小小的瓜子磕成整整齐齐的两瓣，为大人们所叹为观止。要知道是有穷其一生都没法把瓜子磕圆满的人的。那时候我很风光，磕瓜子有很大的表演性质，小小一个人，引得很多大人围观，据说当时有人对我爸爸说：“看了你女儿磕瓜子，我不如向她讨根头发上吊算了。”直到今天回想起来，还是得意不已。

最让人刻骨铭心的是板蓝根，一块块方方正正的用锡纸包了，放在爸爸办公室抽屉的深处，散发出清淡的草药味，兑了开水后颜色像冲淡的咖啡。那时候不知道它是一种药，只觉得是一种很了不起的饮料，总是央爸爸泡给我喝。现在听说板蓝根虽是中药，但也不能胡乱服用，特别是小孩，吃多了连普通的感冒都治不好，可还是无端地对它有好感，有事没事地借感冒之名弄个两包喝喝。

现在物资充裕了，美味小吃满天飞，小时候是做梦都想不到有里面可以卷虾球的章鱼烧，馅料丰富的铁板匹萨，和蘸芥末吃的生鱼片，但是无论如何，却是再也没有小时候那般虔诚的滋味了。

一只苏州袋鼠的午间呓语

我总是频繁地更换博客的地址，新浪、天涯、苏州博客、中国博客、榕树下……或者使劲地更换模板，很少有满意的时候。这种状态叫做“不安定”。

菜头总是说我有多动症，没有几次坐在他车里是老老实实的。频繁地更换电台频道，一张一张地插 CD 听歌，或者把手指够得着的地方都按下自己的指纹，所以在夜晚归家的时候在路灯幽暗的光下，玻璃上透着一个个匪夷所思的梅花印记。有时候我们透过这些我从身体延伸出来的纹路看到有年轻的情侣站在路边接吻，或者在暗的车里听王菲的《流年》。有时候我真的流下眼泪，像极了一个虚情假意的小女人，这个时候我总是俯身过去温柔地抱住菜头的臂膀。我总是缺乏安全感。

我把我的衣服塞满他的柜子，在他的手提包里撒上我的香水，把我常吃的糖果偷偷丢进他的口袋。我总是希望我无处不在。这是一种源自于儿童时期的游戏，我在巨大的卧室里等待爸爸的到来，那时候我高度差不多在他的膝盖，我把喜欢的糖纸塞到他巨大的皮鞋里，似乎这样我就不用一天到晚呆在冰凉的房间里和很多我假想的朋友或者是妖魔鬼怪玩。我渴望爸爸妈妈把我抱在温暖的手弯里，一遍又一遍。

我总是无意识地喜欢拥抱，一遍、两遍、三遍……总也抱不够。

喜欢下意识地抱住我的枕头、咖啡馆里花里胡哨的靠垫、我刚脱下的外套、我的大包包，有人告诉我这是缺乏爱的表现。我是爱心泛滥的人，所以可能需要的爱也更多，我被铺天盖地的爱包围，友情爱情亲情同情，可是我依旧感觉虚空。所以我很希望能够变成一只长在中国苏州的袋鼠，可以有人时时刻刻把我装在他温暖的衣兜里，随时都有温暖，随时都有清香的皮肤可以依偎，这个时候我会安定下来，这个时候我就不会想到要拥抱任何东西，我睡觉的时候不会是双手环抱的姿势。

我总是觉得自己是一个贪心的女人。我总是担心自己会不幸福。因为我喜欢的陈鲁豫说过："知足的女人最幸福。"我对于爱总是很贪婪，我害怕别人对我的爱不够，我害怕别人会不喜欢我，哪怕你我是萍水相逢。有时候遇到人事危机的时候我总是感觉自己像是踏空踩到水里，我浑身缺氧无法浮出水面，我害怕下沉害怕幽暗的湖底。我害怕哭泣。

但是无论如何我还是过得很幸福很彻底，我还口口声声地讨厌无病呻吟。我讨厌知识分子这个词，就像我讨厌说自己是文学女青年一样，这让我浑身不自在，就像搅了一趟混水湿嗒嗒地走在观前街上一样。我喜欢干燥清香的拥抱和温柔的注视明媚的微笑，为了这个我不惜放弃我的博我的电脑我赖以生存的美食华服，去做一只头脑简单的袋鼠——不知道这个是我光明正大的恶梦还是我贪心不足的冥想？

另一种女子

据说玫在温哥华过得非常好。我看了她的MSN，里面有她宛若天人的照片，头发已经剪成齐肩碎发，有妩媚精致的五官，含笑优游，大多摄于咖啡馆，最美的一张是她微笑着的半张脸，明眸皓齿，眼眸间的明媚是她在国内的时候不常见的。玫是不折不扣的美女。

玫的身形让我想起张爱玲《倾城之恋》里的白流苏，但是要更加柔软一点。玫的舞蹈跳得非常好，读书的时候学校办过一次舞蹈大赛，用DV拍下来后全校播放。玫的舞蹈让人印象深刻。她一袭白衣白裤，在《雪花飘》的伴奏中随意扭动身体，很自然很舒畅，不觉煽情，那时候她的头发是全校之最，长及脚踝，飘飘然间又给她多添了几分妩媚。如果玫在舞蹈大赛前不过是让人回眸凝望的异端女子，那么大赛后她就成了沸沸扬扬之间口头的热点人物，从此以后提及她我们便叫“舞娘”。其实她并没有受过专业的舞蹈训练。

其实玫在国内的时候并不幸福，据说她的家庭有些问题。父亲是非常成功有钱的商人，但是伤她母亲很深，玫很自然地对她父亲有一种刻骨仇恨。但是她父亲非常爱她，总是婉转地想着法讨她欢心。据说有一次玫看上一件昂贵的大衣，她的父亲知道后便一口气给她买了四件。但是玫依旧对他冷冷淡淡。

后来玫被他父亲送去了意大利，在那里她受到了众多男性同学热烈的追捧，在他们的眼里玫是地地道道的东方美女。其实玫在学校的时候几乎没有人追，那个时候她还没有现在耀眼，我几乎可以说那个时候她几乎有着一定程度上的自卑心理，可能大多来自家庭阴影。有阴影的小孩无论自身多么优秀可人，她都不会感觉到自己的美好。这种阴影抑制了玫的容貌，在男孩看来，玫是阴柔的，甚至有些做作，眉目间的很多感觉只能用感觉传递。那个时候的玫并不是一个十足意思上的美丽舞娘。

玫后来又从意大利转学去了温哥华，温哥华是个美好的地方。玫开始在 MSN 上写诗，玫不但舞蹈好，文字也很美，她在诗和日志里提到焚香和莲花，更多的时候是一大篇一大篇英文，有时候夹了些法语，写自己断断续续的心情。从很多地方可以看出玫开始有信仰，而且信的不是基督，而是中国的佛教。玫在越来越多的照片中神色平缓，她终于成长为一个美好的女子。

她们也是别人的子女

我住的地区是个暴发户式的世界，有很多人说这里是“小香港”，到处都是老板，到处都是餐馆，到处都是新建的咖啡馆和豪华浴场，卡拉 OK 城和美容院前不分昼夜地停满各式各样的车子。于是我前所未有地在各种时间各种场合见到了形形色色的女子，她们或是餐厅里语气轻柔的侍者，或是浴场里衣衫单薄的服务生，或是美容院里做头的或是替人做头的女子。她们有的是美丽的，有的是丑陋的，有的神情疲倦，有的妖娆可人，有的一脸落寞，有的欣欣然充满了对这个城市的欲望。对，在她们脸上，看到的最多的神情应该是：欲望。

很多女人都会被欲望毁掉。

念书的时候，上精读课，老师说到“sin”这个词，说原罪是苦果。我在下面插嘴道：“不对。原罪来自欲望。《圣经》上说，欲望是原罪的苦果。”那是一个很有涵养的老师，他稍稍顿了一下后，表扬了我，自嘲了自己的失误。我忘了自己当时的表情了，大凡是洋洋自得吧。呵呵，那些年少轻狂的岁月。

欲望是原罪的苦果。这个道理我在年少轻狂的时候就知道。

欲望的背后是迷茫。

所以在很多女子的脸上，交织着各种复杂的神色，欲望背后的迷茫，或是迷茫背后的欲望。大凡年纪轻轻就出来闯世界的女子，很少有一张安祥的脸。这个世界诱惑太多，在单纯洁白的年岁里，很少有人能够身处花花世界而不动声色的。最主要的是，这个世界看似伸手可及，但是当中隔了一层防弹玻璃，跃跃然的人看到的都是别人的美丽生活。绚丽不属于你，美丽的年轻的不甘落寞的贫穷的姑娘。于是，有的姑娘作出了自己的抉择。

于是，她们就变成了让这个世界为之瞩目的一群人。她们涂鲜艳的口红，和色彩诡异的眼影，脸庞上逐渐失去苹果红的少女色，她们把自己天然的美丽一点一点涂抹掉，浓妆覆盖着另一个自己。她们租很贵的房子住，一天到晚开着空调，开始养宠物，都是价格不菲的。在咖啡厅里，她们都学会了优雅地抽烟，她们把这个习惯带到了美容院里，有一次她们的小狗受不了烟味，跳到了我的膝盖上。那是一条可爱的小狗。

我有几个朋友是她们的邻居。所以我知道，到半夜，她们的房子里会传出来压抑的哭声。她们的垃圾袋里有弃掉的针头和锡纸片。她们夏天裸露的手臂上有各种可疑的痕迹。我有时候不敢看她们欢笑着的脸，如果她们是真开心，她们的欢笑不堪入目。如果她们的开心未必真诚，那么，这种比哭还要痛的欢笑更加不堪入目。

有时候我看到容貌出众的餐厅招待生，或者美容院的洗头生，因为别人的调笑而羞涩地笑，我心里会觉得可惜，她们甚至不懂得愤怒。或者，我根本就无需理会，也许那就是大智若愚吧，可以让她们在这个世界的夹缝里不是太辛苦地生存下来。我待这些外来的女孩子总是很好，我尽可能地去尊重她们。我讨厌那些出了钱就以为自己可以盛气凌人，甚至可以随意践踏别人尊严的人。这些女孩子，过得都很不容易，她们也可以是幸福的，也可以是高贵的，但是现在她们在为我们服务。她们应该是可亲可爱的，她们也是别人的子女，她们痛苦的时候，她们的爸爸妈妈会和所有的爸爸妈妈一样，会心痛。

一个大龄女子的不锈生活

我总是说，我喜欢老女人，当然前提是，有味道的，有涵养的，看上去比实际年龄小很多的老女人。比如摄影家王小慧，比如洪晃她妈章含之，哪怕是又要当作家又出美容书的伊能静也好。这就说明，喜欢老不一定不怕老，这个在我第一次看到我眼角长出皱纹时候的心情可以让我确信这一点。有个家伙曾经不知死活地用天真的口吻对我说："学姐，我看到你照片上的一条鱼尾纹了！"于是乎，此人只要在我的QQ上或是Q群上出现不超过十分钟，他就会无比的灰头土脸，我总是情不自禁地想整死他。

在网络上我是个嚣张的女子，嘴尖牙利皮钻肉厚足以让任何一个不认识我的人坚定地认为我是一悍妇。大多数的时候我是沉静的，总是很礼貌，做个淑女当之无愧。我总是认真深刻地分析自己，从童年到少年再到这个青黄不接的年纪，我知道每个人的性格都有很多面，因为网络的隐匿性和虚幻性可以带来巨大的安全感，所以我把我浮躁轻狂的一面放置在网络上，又解恨又过瘾，我从不怀疑我有很疯狂的一面。我喜欢飞翔，荡秋千总是喜欢飞到最高。有次夜间去苏州乐园，玩最炫的旋转山车，我坚持坐在第一个，同去的其他三个人下来后都软绵绵地瘫成一团，我却无比亢奋高兴得不知所以然，尽管在体能体形上判断我都应该是第一个晕倒的那个。

我总是唯心，喜欢和我心心相印的女伴聊天，我们拥抱在一起说我们是最好的闺友，打电话的时候总是啧啧地给对方飞吻，我们的老公总是怀疑我们是同性恋，他们都说你们干脆在一起生活得了。

亲爱的 Betty Su 们

在我二十七岁的时候，忽然又一次懂得了倾诉的需要。于是我一天一天穿着黑裙子泡在咖啡馆里，喝各种酸酸甜甜的茶水，和形形色色高热量的点心。对面坐着漂亮优雅的女子，双手拈起透明茶杯的样子总是很妩媚，我们心无旁骛地喝茶聊天，仰起脸大声地笑抱着松松软软的靠垫蜷在巨大的沙发上，像极了两只打瞌睡的猫咪。很奇怪，我的女友们大凡漂亮优秀人见人爱，我们相互吹捧相互赞叹看得周围的人冷汗淋漓食不知味，我们大言不惭地说物以类聚鸟为食亡这个世界终究不会让我们失望。其实每个人都彷徨得要死。

在这个世界上你可以没有老公，没有男友，没有情人，但是在你生活的各个阶段不能没有一个知心相交的女友。男人和女人，是一场没有硝烟的战斗，不是缴一方枪投降，就是双方两败俱伤，哪怕是糖衣炮弹打久了也会有内伤。男人和女人不可能有长久的和平共处，不是一方厌倦了另一方，就是相互厌倦了对方。所以我们亲爱的女伴是令人欣慰的大后方，在受伤的时候我们往往无处可去，女伴们会提供最好的小窝最温暖的安慰最可靠的床，我曾经写过一则小文，讲的就是我亲爱的女友们，我叫她们 Betty Su。有时候我觉得会对不起其中的一个或是两个或是三个四个，因为我们离了那么久分开那么远，我总是没有足够的精力把自己和朋友们安排得妥妥当当。在心底我总是不断地想念她们，她们像天使一样让我的生命发出美丽的光环。我放了顺子的歌，似乎这样我就可以亲眼见到曾经的当下的和以后的美好和善良：

我有个朋友叫做 betty Su
她天生浪漫最怕寂寞
我们常约在街角的 cafe
交换着心情和恋爱
有过几次感情好与坏
最后还是坐在这里
说一说苦恼说一说悲哀
只有她陪我没有谁
也许那迎面来的风有点凉
生命的曲折也在这一刻遗忘
也许那迎面来的风有点凉
有一种温暖就在我心中徜徉

回头看来时路
忙忙乱乱停不住
发现自己很幸福
有个朋友 betty Su

我的朋友总是爱得苦
她的聪明一爱就糊涂
我们约在街角的 cafe
看着人们过马路
她换男朋友我搬了家

生活一直在不停向前
说一说梦想说一说回忆
分享过所有苦和甜

生命中能够遇到一个 Betty Su，很幸福。我爱这首歌，因为我爱 betty 这样的朋友，为了纪念像 Betty 这样的朋友，我一直不断地听这首歌。女性的友谊很伟大很轻巧，世界上有很多 Betty Su，有很多 Betty Su 的朋友，Betty Su 和她们的朋友最后变成了一支歌，她们是那么的美好。

每个女人都是 Betty Su，每个女人都是 Betty Su 的朋友，我们在这首歌里浸透我们的秘密和欢愉，还有我们甜蜜的午夜的泪水，还有我们匪夷所思的爱情，还有我们一起喝过的咖啡，我们钟爱的提拉米苏，我们有过的小小摩擦。

Betty Su 永远不会遗忘你，就像你永远不会被遗忘，Betty Su 是我们甜蜜的朋友忧伤的幻想温暖的小家，很多年后我们有了老公有了小孩有了很多法令纹，但是我们还会在拐角的 cafe，一起怀念曾经的，Betty Su。

错爱一位僧

借用一位亲爱的朋友的题目。她爱着一个男人。他们的爱情让人感动。为了这么惊天动地的爱情，她写了则《错爱一位僧》。她爱的是位不平凡的男人。这个世界总是对称，为了成就非凡，吃的苦也必定更多。他们是不一般的男人女子，让人舒服，让人仰慕。

我喜欢这个题目。错、爱、僧，这几个字凑在一起本身就是一种魔力。人生就是错过，爱就爱了，谁知道是对是错。曾经他们爱得很辛苦，她说有句话一直支撑着她：结果决定过程。如果能得到好的结果，那么纵然过程辛苦异常，也值得一试。结果亲爱的她撑下来了，是非常好的结果，和将来。这个世界终究不会亏待心底纯真的人。

我总是希望自己能够平淡怡然，像颗静静生长的小麦一样，在和风细雨里生根发芽。我总是希望自己能够变成一株植物，不做小麦可以做豆芽，不做豆芽可以做迷迭香，我希望自己可以做任何一个不会思考的动物或是植物，后来听说植物也有情绪，遇到美女会颤动听到音乐会跳舞。从那个时候开始我希望变成一只透明的玻璃杯，等待某天能够有一个人把我彻底打碎。

我不喜欢思考因为我觉得不思考更能得到大幸福大欢喜。我看过奥修的书，知道卓巴的花朵，而且我认为做一朵花要比做卓巴幸福。我已经没有了做一朵花的权利，我只能选择做一个不可能的卓巴。这么虚无飘渺的事情总是让我觉得做人还不如做花，哪怕是塑料花。

我为什么要在一开始提到那么一段高尚的爱情，因为我佩服好朋友的勇气，我爱她的纯真善良勇于跟随自己的心灵像朵饱含阳光的太阳花可以随时随地幸福地绽放。我们在毕业的时候相互拥抱在一起，她说：“写字的女孩子往往不会幸福。”她说：“米米我们要跟随我们信念，我们是不一样的女孩子，我们要让我们的白裙子不沾染上世俗的泥。”

我爱这些话，它们让我感觉生活像童话。

不如跳舞

吃晚饭的时候，亲爱的妈妈对我说了一句惊世骇俗的话，她端着饭碗拈着汤匙说："米米，你晚上去跳舞吧。"

这句话让我不算幼小的心灵极为震荡，因为你们不知道我老娘是怎么样的一个人，一时半会儿也说不清，还是以文为例吧。我曾经试图写过一则小说，一开始叫《如梦令》，后来发现越写越不像做梦，糟蹋了这个题目美好的感觉，于是索性叫《像春花一样绚烂》，估计连刘晓庆看了也不会喜欢。小说的开头是这样的：

> 米豆是在十六岁那年爱上穿裙子的。从此以后，她永远穿裙子，长的短的，棉布的或是丝绸的，有的穿着好看有的感觉一般般。米豆穿裙子的热情极为高涨，似乎要把以前不穿裙子的岁月全都弥补回来。
>
> 米豆是一个有着细长眼睛的女孩，大笑的时候样子很张扬，就像晴朗的夏天下起了太阳雨，就像欣欣向荣的向日葵淋在暴风骤雨里。米豆的父亲是个军人，退伍后从事一板一眼的税务工作，母亲是贤惠的军嫂范本，几十年如一日兢兢业业相夫教子，为家庭不遗余力，有一份光发一份热。米豆的母亲总是对米豆说："女孩子坐有坐相站有站相才好。"米豆的母亲说："女孩子不能挑

三拣四有什么穿什么。”米豆的母亲说：“女孩子吃黄豆炖猪手最好。”米豆的母亲说：“女孩子要朴素大方，不要整天穿红戴绿，白衬衣黑裤子最好看。”米豆的母亲说：“女孩子头发留那么长干什么，披着扎眼睛，窝着像阿飞。女孩子剪短头发好看，精神。”

米豆在十五岁之前是个让父母称心如意的女孩子，穿白衬衣黑裤子，一个星期吃两顿黄豆炖猪手，坐如钟站如松，数学考试不及格了还会掉眼泪。米豆的母亲说，你出去读书后我不认识你了。你以前不知有多乖。她一遍又一遍地说，直到米豆不耐烦地碰上门。

这个米豆的妈妈和我的妈妈有着异曲同工之妙。我妈总是怀念毛主席，说那个时代好啊，那个时代没有舞厅没有小姐，那个时代每个人都是规规矩矩的啊，那个时代我们睡觉从来不关门的。就是这个对舞厅深恶痛绝的妈，今天主动提出让我去像兔女郎一样在众目睽睽之下摇摆来摇摆去，真是让我感叹物是人非往事不堪回首月明中……

昨天我去看别人跳舞了。一大群人，在星空下，在一个大的湖边，在小区广场内，忘我地摇摆来摇摆去，漆黑的空气里飘荡着甜腻腻的歌声：“QQ爱呀QQ爱……”借着模糊的灯光，我看到那一群人里有秋香，也有和秋香相辉映的“美女”，从此我对“舞”的概念有了摧枯拉朽的改变。说到舞，我倒也见过不少，也“跳”过，还是以我写过的小文为证：

例一：

不知什么时候大家都迷上了跳舞，放学后使劲蹦啊跳啊像一只只落水的老鼠，而我是唯一一只留在岸上的，干燥的米老鼠。每天我都蹲在我小小的窝里为跳舞的老鼠们播放节奏强烈的Butterfly，把我本来就脆弱的共鸣腔震撼得一塌糊涂。林棣忘我地摇摆着说："米米米米我爱你，就像老鼠爱大米"。

例二：

昨晚还是去对付那帮子狐朋狗友了（都是一些好狐狸，好狗狗），朋友们在包厢里唱着歌说：你是财务总管，不来不行的。我们等着你来买单呢。想起来了，身边还有上次聚会留下的公共资金，是笔巨款，我不止一次不遗余力地在网上想把它脱手，就是没有成功过。于是我关了电脑披了件衣裳神情幽怨地去了KTV。

有些都是一年没见的人了，有些是几年没见的人了，还有些是这辈子都没有见过的人，大家都和和气气亲亲热热在一起喝酒唱歌吃水果。天，晚上十点，party刚刚开始。我拖了个热水瓶陷在角落的沙发里喝开水，我要爱护自己的小胃。到后来大家说唱歌真没劲，我们蹦的吧，于是大家去蹦的，场子里就我们这群人，到了舞池里摇头摆尾不知所以，黑暗中，灯光很酷，和电影里触电的镜头是一摸一样的，有蓝绿色的闪电在身上窜来窜去窜来窜去，我从来没有见过这么一大群人一起触电，很受震撼。

整到十二点，KTV要打烊了。有些人喝高了，说什么也不肯回去，说今晚不醉不归，醉了也不归。后来就去了竹辉路上的百度，是家通宵店。里面的DJ很酷，有非常多的美女，非常多的人都在保持一个姿势，不住地摇头摇头摇头。我给大家发巧克力糖，大家说："哇，你还有摇头丸啊。"都很高兴地吃下去。百度给的是掺冻顶乌龙的洋酒，比KTV的雪碧加红酒要烈，很多人喝了以后都非常兴奋，开始不住地摇头摇头摇头，所有的人都在摇头摇头摇头。大家都很高兴，真实好玩这么高兴的感觉都是摇头摇来的。

例三：

日子飞快，到八月，演出时间迫在眉睫，服装也下来了，翠绿的高领金色滚边无袖小袄，配了金黄的珍珠连腰小花兜，下面是一色的翠绿缎子小裤，最扎眼的是那条翠绿的头巾，用金黄的流苏缀了大颗的珍珠，和身上星星点点的珍珠交相辉映，穿戴好了往人前一站，整个一个花团锦簇的小妖精。我们你看我，我看你，笑成了一团。不过有经验的老师说，在舞台上，服装是越夸张越好的，届时音乐一起、灯光一打，就有了别样的一股妩媚。说是这样说，每个人还是把衣物带回了家，在家人面前笑话这艳丽的衣裳，但私下在心地里，却是有点盼望着比赛的早点到来的。

……

这次是调演系列节目的歌舞比赛，所有的参赛演员都穿了美丽的衣裳坐在那里，满山满谷的绚烂璀璨。那人声喧哗的闹里有着一股子沉静的气势，是一种蓄势待发的张力。汗臭、座椅套垫子的陈朽气味里夹杂着脂粉的香气，是让人眩晕、激动、紧张的味道，这时候我反倒没有了比赛的兴致，只希望时间快点过去，好应付了这一天，快点回家。终于轮到我们出场了，大家默默拿了道具——一颗由真蚌壳托着的巨大珍珠，小心地穿过侧门去后台，外面下着星星点点的小雨，我的心情有点灰暗，其他人也言语不多。再一次点了人数，理了容妆，到了后台，被淹没在扑面而来的音乐里，周围是忙着换场的演员，像漂亮的热带鱼一样穿梭。我站在大幕边，看着台上的热火朝天，有一种隔岸观火的恍惚。突然，灯光暗了，传来主持人清脆的声音：“下面请欣赏，来自……的歌伴舞《珍珠之歌》。”我有点茫然，跟了前面的“桥”走出去，摆好造型，眼前一片漆黑，天地间是万籁俱寂的静，我的手掌感觉到前面姑娘的体温，我心里想：“过了这一会儿，就都好了。”

突然“磁”地一声，原来舞监给我们打了干冰。白色迷雾在黑暗中冉冉升起，然后，像是曙光初曦一般，前方亮了淡淡的微光，好像从天边传来的一样，熟悉的音乐起了，在舒缓的节奏里，我能感觉到我们绿色的影子在清晨的水雾中舒展开来了，那么悠然的荡漾，我的心开始变得很平静。歌手出场，雪白的礼服镶在一大片碧翠的绿里，恰似一朵盛开的芙蓉，下面传来了“哇”的惊叹声，虽然声音很小，但是我觉得自己也随着那轻轻的一声赞叹而绽放了，到这时我才体会到舞蹈老师的那句话：“在舞台上，你不是你，你是那个采珍珠的小姑娘。”前面的灯光越来越亮，终于转成了一种绚丽的水蓝，在波光粼粼中，所有的一切都闪烁着诱人的光泽，这是一个水的世界，珍珠的世界，我看不到自己的手，只有清甜的歌声在飘，翩翩的色彩在眼前纷飞……当我们托起珍珠的那一刻，是音乐的最高潮，也是灯光最炫目的那一刻，七彩色在这时变成了最光耀的白，最华贵，也最圣洁。那一刻，我产生了何似在人间的蛊惑；那一刻，声音没有了，色彩也没有了，世界定格了。

下面掌声如潮。

……

写到这里，妈妈又在门外喊：“米米！不许对着电脑了！你上了多少时间的网了！快跟我跳舞去！”

我硬着头皮喊道：“还是那句话——打死我也不去！”

一种相思

我对很多人说过：我喜欢老头。我喜欢的老头有两种，一种是白头发胖嘟嘟的老头，像圣诞老人一样，笑起来哈哈哈的，胃口很好，贪吃，所以有小孩子一样的性情，而且肚子很大。岁月不曾在他们身上留下任何阴沉的痕迹，他们和冬日里的阳光一样灿烂温暖，这种老头是可亲可爱的。

还有一种老头，他们往往很瘦，还有那么一点点小小的洁癖，但是无伤大雅。他们穿烟灰色的驼绒大衣，或是银灰色的风衣，露出打了领带的白衬衣的领子。头发是白或是花白的，干干净净戴一副银丝边眼睛，手指修长干净，指甲修得很短，一看就是读书人。他们往往神情肃穆，讲话的声音很温和，他们代表着某一类人的智慧和涵养，宛如一种含金量很高的品牌，货真价实又好看，但是很多时候是让人感觉不可接近的。

我也喜欢小孩，喜欢婴童湛蓝的眼眸胖嘟嘟的手腕和抱在怀里软而香的触感。我有个老师曾经说过，纯洁分两种：一是雪花般的纯洁，一是火焰般的纯洁。婴孩纯白如雪，而老头们，离了休，没了功利心，一世的奔波劳碌换来纯净广袤的心胸，大凡就是赫赫然若火焰的吧。

读小学的时候，我们图书馆里有个胖胖的白头发老头，是个上了年纪的退休教师，我管他叫曹爷爷。他是个很罕见的胖而严肃的老头，我见了他有点害怕。我已经忘了是怎么认识他的了。那时候只有高年级的学生才可办一张借书证，而我读两三年级的时候就可以自由出入图书室看书了。这是他一开始给我的最大的权利。最终有一天我赢得他的同意，借回家一本破破烂烂的故事大王，并且第二天一早我就恭恭敬敬地归还了，呵呵，这是我的第一桶金，打开“知识殿堂”（这个词小时候是神圣无比的，但是不知道为什么现在写来却有点不好意思）的一块敲门砖，从今往后，我可以肆无忌惮地借阅各种各样的图书，真是非常惬意。

到外师，又有个管理图书室的老头，也是非常有趣的，他脸上堆起皱纹和微笑时眯着的眼睛都非常可爱。这个时候，我可以肆无忌惮地出入图书馆看书，也是非常惬意的。

那日在家乐福买完东西排队付款时，我看到一个满头银发的外国老头，整洁的打扮，胖胖的身材，戴一副眼镜，非常有修养，并且和蔼。我一看他就非常喜欢，他让我想起自己的爷爷。他见我看他，朝着我十分友好地微笑，我想，他要是我的邻居就好了，或者是我的老师，或者是我朋友的一位爷爷，那样的话，我一定会在阳光很好的午后，陪这个温和的老头晒晒太阳，说说话。

我付完款提了袋子要走时，又看看那个老头，他还是向我微笑，我朝他说“bye”，他微笑，“bye， girl”。

我回到车上，有点心酸。我的爷爷过世的时候，我没有掉一滴泪，不知道为什么，我就是没有眼泪。很久很久后我做了一个梦，梦见我的爷爷坐在一个密林中的小屋，那个屋子很小很暗，他坐在门口，依旧是雪白的头发和胖胖的脸，但是脸上没有笑容，是不知所终的表情。我醒来的时候，枕头是湿的，心里很疼，真的是一种揪心的悲伤。不知道为什么，这个外国老头让我想起我的爷爷，让我感觉亲切，我想我的爷爷了，但是，再也不能相见。

无处告别

安妮说：生命是一座恢弘华丽的城堡，轻轻一触，如灰尘般溃散。

身边总是有东西在不断破碎。有时候是爱情，有时候是友情，有时候只是一只小小的玻璃杯。

但是破碎的波浪是巨大的。

有时候我们无力承受。

小时候看《红楼梦》，林黛玉说她不喜欢宴会，因为她受不了人走茶凉以后的凄惨。我虽然不怎么喜欢林黛玉，但是也不得不佩服她的聪明和绝决。没有拥有，也便不会失去。如果一个女人处于劣势，那么最聪明的做法，便是抽身而退。这样至少会保持尊严，和美。

最弱小的，总是最强大。犹如思念。

喜欢《倾城之恋》，虽然从来没有人说这是张爱玲最好的小说，也没有人把它和《十八春》、《红玫瑰和白玫瑰》摆在一起。但是我喜欢。《倾》讲的是一场并无新意的爱情，范柳原和白流苏都是聪明漂亮的人，经历过很多事情，于是自私。他们总是没有安全感。但是他们有夹在缝隙中的爱情，在人生的边缘遇见一处绝境。没有完全的奉献，和拥有。但是我被他们钩心斗角的爱情感动了。范柳原在月光下打的那个电话，是我看过的书里最美的情话，于是我不得不相信，白流苏是张爱玲书里最美的女人。甚至可以说得夸张一点：是最聪明的一个。

聪明的女人，总是懂得如何保护自己。若是白流苏没有了那份矜持，范柳原也不可能对她念念不忘。初恋为何美丽为何刻骨铭心，因为我们不可能再次拥有，因为那个时候还不懂得什么叫欲罢不能，因为我们还不懂得珍惜身边的所有。有次在网上遇到一个人，他有非常美丽的女友，唱歌的时候像个天使，但是他们分手了。他一直为此耿耿于怀，他说："上帝会把我们身边最好的东西拿走，以提醒我们得到的太多。当我们不能拥有的时候，唯一能做的便是不要忘记。"

对，人生就是这样，永远充满别离，但是不要忘记。哪怕这样的别离，没有任何声音。

八月流水账

咖啡 · 菜头在游戏

咖啡。和漂亮的朋友，在午后。在咖啡馆幽暗的角落里。夏天的时候，我喜欢幽暗，喜欢下雨，喜欢一地的潮湿，就像我习惯于在冬日渴望温暖的阳光照耀，习惯于在幸福的时候哭泣。我总是习惯平衡。

现在我习惯把名词作动词用。朋友打电话来："在干嘛？"我总是说："在咖啡。"就像说了 water，就知道我在浇花。我咖啡的时候不喝咖啡，以前就知道咖啡不是好东西，但是一定要把自己喝坏了才戒掉。人生的很多东西，都是这样。

到家就晚饭。爸爸妈妈问："菜头呢？"我说："菜头在游戏。"菜头迷恋游戏的周期通常为三周到三个月，而后自动痊愈。菜头迷恋游戏的症状为面无表情目露凶光，走路经常容易撞墙或是电线杆，问他一句话通常是三分钟后才回答，这个时候他一扫平日的霸道可以唯唯诺诺地说"求求你求求你"，这个时候骗他的钱最容易，这个时候打他不还手杀他不偿命，这个时候你就知道什么叫行尸走肉呆若木鸡，什么叫麻木不仁舍生忘死。

夜晚七点，百无聊赖，于是去湖边看跳舞。菜头依旧在游戏，我总是担心他最终会变成一台机器，或是一名神经错乱的反恐精英。但是我不去管他，免得他又要撞墙壁。于是我一个人站在湖边站在夏天的夜色里，周围有音乐有模糊的灯光有散落的人群。其实这样的场景很矫情，于是我打算撤离。然后我发现自己摔倒了，一声不啃地趴在地上，全世界静寂。幸亏我习惯穿大裙摆的长裙子，而且是暗的宝石蓝，和夜色融为一体。幸亏前面没人，要不然他肯定会以为我在拜他，肯定会吓得魂飞魄散。我羞愧得无与伦比，以至于又把这个姿势停顿了很久。过了一会儿我也只能若无其事地站起来，像没事人一样优雅地走过一片又一片的人群。我总不见得当场哭泣。

模糊的樱桃

我摔倒了。我乱了。于是我真的去看别人跳舞。走到巨大的舞池边的时候左边膝盖开始隐隐作痛。但是我不敢在那么多人之间撩起裙摆，哪怕灯光模糊，哪怕我对于这么巨大的场地，不过是一只蚂蚁。我忍着痛，若无其事地看别人跳舞，因为疼痛微微咬着下嘴唇，这很容易使得别人以为我在微笑，在幸福地看他们跳舞。可能我是摔糊涂了，我还真觉得他们跳得挺好看的。

我妈妈最敬重的毛主席说过：人多力量大。但是他老人家不知道人多的时候跳起舞来好看。起码有一百多个人吧，在一个巨大的湖边，在一个巨大的舞池里，在隐隐绰绰的灯光下，一起摇摆一起舞出同样的姿势。也许用更贴切一点的词叫壮观吧，或是新奇。在这个时候我挺激动的，觉得自己体会到了什么叫众志成城什么叫——排山倒海。原来排山倒海不仅仅是郭芙蓉一个人才能使的啊。

在这个时候我被几个朋友捉住了，她们拉着我要我去跳舞。我说我摔跤了我乱了我不能跳舞。于是她们亲切地扔下我继续去排山倒海。我依旧咬着嘴唇，微笑着看她们跳舞。有句话说，林子大了，什么鸟都有。那么舞池子大了，什么 bird 人都有，甚至还有一只不知道从哪里钻进去的猫。有几个不是猫的女孩子跳得还真好看。包括我的朋友们。我在人群中发现了几个大腹便便的男人，头上淌的汗亮晶晶的。还有一个穿太极衫的老头，他穿得跟个道士似的，却跟着一群粉粉的小姑娘跳起了兔子舞。我还发现了一个成长中的小美女，蓬松的头发，穿一件粉色的吊带衫，蒙娜丽莎一样暗黑的眼睛，尖的下巴，是一张幼小的、狐狸的脸，非常的媚。跳舞的姿势很柔软，看得出有很好的韵律。

后来又换了一段音乐，听起来像恰恰，这个时候我又遇到一个朋友，我见过她跳舞，她跳舞的姿势总是很轻柔，即使是跳那段QQ爱的时候也像清宫里的才人拈着手绢走场子。她有她自己的韵律，也是美的。于是我和她跳了一会儿恰恰，我发现自己的膝盖还是疼。于是我向她使了个眼色溜掉了——我只有对着我的好朋友们才能够成功地抛出一个媚眼。

我和妈妈走散了，没有钥匙。我摁门铃把手摁酸了菜头才两眼呆滞地下来开门，一开门就以夺命而逃的姿势跑开了——当然，是朝屋里跑去，朝电脑的方向。他在游戏症状发作的时候遇到我，在电脑前像只冬眠的狗熊，灵活的只有眼睛和手，我敢打赌我把他眉毛拔光了他都不会啃一声；不在电脑前的时候他面对我就像一只受惊的兔子，他害怕我会像个巫婆一样把他的宝贝电脑关掉或是电源切掉。在这个时候他情愿让我拔眉毛。

我不屑和他计较，我打开我的电脑，电脑前灯光明媚，我终于看到我的左膝盖，它被跌出了一个完整的圆圈，有一枚银币大小，没有发青但是发红，在明媚的灯光下，像极了一颗模糊的樱桃。

挪威的森林

有天碰到一位朋友，她说她要离婚了。她的女儿刚满六个月。然后我上网聊天,又遇到一个朋友,他说他要离婚了,儿子刚满周岁。女儿六个月大的朋友的老公很不争气，在婚前就乱搞男女关系，被发现后，和所有电视剧中不争气的花心男人一样，他下跪，他解释，他落泪，他痛哭流涕，他每天在她的门前摆一束玫瑰，我的朋友是个单纯的人，工作能力很强，但是眼光严重散光，最终还是接受了他。有一小阵子的甜蜜，而后怀孕，在怀孕期间，她接到一个电话，她老公和情人幽会时鬼使神差按一个键，这个长达两个多小时的电话让我的朋友对他老公彻底失望。然后是无休止的争吵，他老公的情人一个个浮出水面。他的老公把家砸了。她的女儿刚出生就很敏感，只要一听到稍微大一点的声音就会惊恐地睁大眼睛。另一个朋友的离婚故事也像一部生活片，情节荒诞，想来又稀松平常。我终于相信，那么多的电影小说戏曲诗歌散文那么多形而上的东西，原来不全是吹的。

那个朋友在 QQ 上说生活的压力，工作的压力，压得每个人都快喘不过气来。我说不是压力大是你心态不好，不要因为曾经有过的事情，改变你的善良。善良的人，总是会过得很好。除非他对生活绝望。好好处理每一件事情，包括你的不幸。男人需要成长，女人也许可以省略，但是要看她遇到什么样的男人。你是男人，你一定要坚强，如果是你的错，那么你要负起全部的责任，如果是她的错，那么你也应该理解她。不说别的，就谈离婚后，她和你的处境就是完全不一样的，你要找一个，也许很容易，但是她要找一个和你差不多的，就不大可能了，女人，贬值起来很厉害的，或者变老或者生过小孩，对于再一次的婚姻来说，都是致命的打击。你已经很不幸了，但是也许她比你更不幸。离婚不谈好人和坏人，你们只是没有在合适的时间合适的地点遇到合适的人。你们都是好人，你们要设法改变这种不幸，而不是让它变本加厉。但是无论如何，一切都会过去的，你们最终都会幸福，我说过，这个世界终究不会让我们失望。

是我老了么?

我在电脑上不小心看到自己以前的稿子，不小心被吓了一跳：

……有时，默默是一种最富氤氲的美好。有韵而无声，有蕴而无色，空灵而不显单薄，沉着而不显厚重，虽然少了一份活泼的气息，但是，那一份隽永悠然，已令人心旷神怡。

玫瑰易名，馨香如故。默默是处世不惊的一种旷达沉凝。它因幽远而神秘，因静谧而深邃，一如那包罗万象的夜，在缁茫中拥抱着一切，然又让人觉着它是那么遥远、那么难以触摸。它时时弥漫在你周围，却又不甚真切，我们只有保持一份安宁的心态，让那一份若有若无的气息，游走在生命边际。

手掌里盛住无限，刹那间便是永劫。生命的流动与枯涩、潇洒与无奈，最终都由默默来默默诠释。也许，默默是大彻大悟的一种境界；也许，默默不过是混沌无知的表现；或者，默默，就是默默存在的一种生命状态。它因安详而充盈，因从容而美丽，它关注着一切，又漠视一切，它在不经意中静静流逝，又无时不在创造奇迹。风起了，云淡了，慈母的头发白了，默默的归宿，依然在守候着默默或不默默的一切。……

现在很受不了这样矫情的文字，以前不会觉得，但是现在看来，真的很矫情，而且，现在，类似这样的文字，我一点都看不下去。我老了，我不喜欢动脑筋。如果让我一个字一个字地往下看，我会筋疲力尽的，而且胃口会受影响。

我想，这大概是因为我老了的缘故吧，老了，就成熟了；成熟了，就见不得矫情了。老了以后喜欢自然的东西，还喜欢自嘲，还喜欢不加修饰的粗糙，喜欢天然去雕凿的真实。我想，那样一篇文字，大概要很费神地琢磨上半天吧，现在我一般来说，五六百字的一则博大概花个十五分钟就可以完成了。因为我粗糙，所以我快。我喜欢现在这些不加修饰的文字，因为真实。

幸福一则

今天我感觉不好。身上是冷的，打字的时候，感觉沉重和迟钝。我知道，这是病一场的前兆。我总是不爱惜自己。我从来不说自己的基因有问题。我始终认为我的基因非常好。如果一个做事麻利痛快生活很有规律的小女子来拥有我的身体，会是非常健康，而且生机勃勃的。

我是一个缓慢的人，我的生活和眼神都像电影里的慢镜头，如果我的属性是乌龟的话，必定是长寿的。有个算命的说我能活到八十六岁，对此我很满足了。在外读书的时候我有个同学，非常漂亮，她总是担心自己会变老，平时不轻易笑，即便笑的时候也要用手指搭住眼角，她害怕长皱纹。她总是说活到六十岁就够了，到那个时候还是不死的话就自杀。人要是活得不漂亮，是件痛苦的事情。她很早就为这件事情提前痛苦了。尽管现在她是那么的年轻漂亮。

接下来，不想写字了，贴一则很多年前写的字：关于幸福。

越是讨论幸福的人就越让人怀疑他的幸福指数，就像银行里的职员，天天滚在钱堆里，但未必是最有钱的。没人知道幸福的真正含义，就像不知道这世上最有钱的人可以有钱到什么程度。和旧日同学泡吧喝茶吃饭时幸福成了一个用得最泛滥的词："哇，你小子月薪七千，狂幸福。""呀，下星期就要结婚啦，看把你幸福的。""嘿，今天不用我买单，真幸福。"欢宴一散，幸福就像跑了味的汽水，经不起细细品咂，坐在公交车上，衣袖上还残余着火锅的味道，心却寂寥起来了，鉴于幸福，再怎么粗线条的人也可以林黛玉起来。

从很早的时候我就开始讨论幸福，然后写些不着边际的关于幸福的文字。那时候朋友们都说我是幸福的，因为我的混沌和不谙人事的透明。我们聚在一起探讨人生和幸福，有时踌躇满志有时颓废忧郁。那时候我们都觉得自己很了不起，比别人有才情有能力，应该获得幸福。那时候我们觉得我们是离幸福最遥远的一个群落，具备很多不幸的条件和理由。那时候我们把快乐的猪与痛苦的苏格拉底做比较，知道幸福是由精神决定的，当然我们在初中时就学到了物质基础决定上层建筑，不过那时候都没有实践经验，所以有时候还是感觉比较幸福。海子有首诗叫《面朝大海，春暖花开》，有几句是这样写的，它们展示了幸福的时态：

从明天起，做一个幸福的人
喂马、劈柴，周游世界
从明天起，关心粮食和蔬菜
我有一所房子，面朝大海，春暖花开。

“明天”是一个永远无法到来的日子，否则，幸福也便不成为幸福。幸福是最具蛊惑力的一个字眼，它的捉摸不定，成了它作为无价珍宝的最为可靠的筹码。这世上有天堂，但是没有通往天堂的路，否则人们不会那么向往天堂。记得有个朋友说过：“我的幸福取决于我能赚多少钱，钱可以让我感到安慰，它是我的自信。但是我对生活要求不高。一间小屋，没人打扰，一盘青菜炒香菇，一碗清香蓬松的白米饭，晚上可以立刻睡着，这是我理想中的幸福。”幸福似乎很廉价，但是要得到它手续太复杂。天下没有白吃的午餐，青菜香菇吃多了便觉出清汤寡水，一碰牛扒大餐，舌头和胃舒坦了，理想中的幸福也就跑了位。有本很热销的书里写着:“拥有了奶酪,就拥有了幸福。”在某种程度上,这和我们老祖宗们所颂扬的爱情“执子之手,与子偕老”的价值是等同的。无论是精神还是物质或是两者的双重作用,幸福依旧如海市蜃楼一般,你以为已身在其中,殊不知这不过是太虚幻境罢了。

阿甘他妈说生活就像一盒巧克力。可惜因为一次次的错过,到现在我还没有完整地欣赏到《阿甘正传》,只听过英文原声带。黑暗中我静静地躺在床上,听着这个比正常人少五分智商数的男人平静的叙述,我很庆幸首先以倾听的方式接触阿甘透明的灵魂。很多人向我介绍过这部优秀的影片,他们发表了很多精辟的见解,但是我从没有听谁说过:“这是一部关于幸福的电影。”我不敢说阿甘是个幸福的男人,但我能断定他是个好人。惟有好人才能获得幸福。有时候我走在大街上,周围是涌动的嘈杂的人群,我试图在他们脸上寻找幸福的痕迹。对,幸福是一种痕迹,它变化多端、行踪不定。它在纸张里碰撞,在第间流连,在楼堂庙宇间穿梭。它拂过豆蔻少女的黑发,触摸婴孩细嫩的脚丫,它滑过脂粉盒、滑过油腻的案板,淌过吱嘎作响的破单车和豪华的玻璃大厅,在锅碗瓢盆里磕磕撞撞。有一千万种生活,就有一千万种幸福的状态,但结局却是唯一,这可用哈姆雷特最为经典的一句话来概括:To be or not to be 。

天黑了,云淡了,幸福隐没在城市的霓虹灯里,有时也坐在午夜的月光里,不知是寂寞把玩它,还是它把玩寂寞……

写到这儿,老妈煮好了绿豆百合汤,用大的冰碗盛着放到阳台上去吹顺便警告我这是我连续坐在电脑前的第五个小时了,再不下来后果自负。她告诉我晚饭有新鲜的青菜炒香菇,油亮亮一盘水晶虾,可乐冰得恰倒好处。楼下有收工的民工吆喝着走过,有人在很跑调地唱《幸福的滋味》,我呷着绿豆汤嘿嘿地笑了一下。

云想衣裳花想容

读到“云想衣裳花想容”，觉得真是很妙，女人大凡对于美丽总是很钟情的，即使没有心仪的对象也热衷于打扮。女人们多少有点孔雀心理，再拘谨端正的女人，潜意识里又何尝不希望自己能够花容月貌，在别人艳羡的目光中招摇过市？这是身为女人的本性。再丑陋的女人，倘若别人赞她美，即便明知是假话，但心里还是欢喜的。貌美的女人也从不嫌奉承话太多太露骨，女人本身就是一件花衣裳，就是钉补丁也要在结线时打个蝴蝶结的。这就是女人。早在几千年前，智慧的犹太人就懂得专做女人生意，出售华丽的服饰和手袋，再精明的女人在打扮自己方面都会很慷慨，所以犹太人的富有是不足为奇的。假日去逛街，明晃晃的阳光里满是争奇斗艳的女人，老的少的，挽着男人的手臂，或勾着女友的腰，眼睑上是诡秘的眼影。各个大卖场里，高级百货公司里，一层一层的全是化妆品柜台、女装专卖，只留给男士小小的一个角落，有些商场，甚至是不设男厕的。在这个上面，女人是可以扬眉吐气一番的罢。走进大大小小或低档或高档的服装区，总是会看到很多女士在那里徘徊不已，有时候也有男士，不是陪着拎包的就是来给情人或是女友选礼物的，大都神情肃穆，不是心疼时间就是在心疼钱。

张爱玲女士是不花男人的钱的，尽管不花不等于不爱花。她出身富贵，但是由于个中原因，在物什上颇为计较，即使一客汤包被小瘪三抢去，也要奋然夺个大半回来。然而她在服饰打扮上也是舍得花钱的，在幼年时得到的第一笔稿酬就去买了口红。过世后别人又在她的寓处发现满橱满柜华丽的衣裳，有很多是还没有来得及穿过的。话说“女人的衣柜里永远少一件衣服”，女人贪婪物欲的背后其实是一颗爱美的心，其最终目的，也不过是为了讨他人欢心，让别人更喜欢自己，让自己更有自信吧，这样一想，那么些奢侈的消费也似有它积极的一面。

然而女人不仅仅是穿衣服就能美，就能自信的，漂亮的衣服衬托的不能是差劲的脸蛋，所以认为自己脸蛋不美的女人就去隆鼻削下巴开眼皮，认为自己身材不好的便去丰乳抽脂甚至截肢增高，把自己收拾干净后，天地还没有清净呢，皮肤要保养，身材要维护，所以要定期跑美容院，要定时做护理，整容失败的还要忙着打官司，实在是很热闹的。有时候想想，人活一世，穿衣打扮，为的就是内心满意。内心满意了，才可平静，平静了，才可能幸福。但是，为了最初的满意，而舍去了最终的平静，未免有点得不偿失了。

随风而至

我是一个很怀旧的人，喜欢微微带点陈旧意味的东西。发黄的相片、洗得发白的旧仔裤，或者是一栋古老的长满暗绿色苔藓的楼房。友说：“你是一个活在过去的人。”我说：“面对过去是为了更好地审视未来。”

其实我也不知道未来究竟在哪里。马路上淡淡的尘土气味在稍稍令人眩晕的日光下提醒着我一些关于离弃现实的童话，抑或是蒙田式的莫可名状。我触摸那些图案斑驳的苔藓，感觉这个城镇的陌生与亲切,我清楚地知道,一切终究会到来,而一切也终究会过去。

我眼前常会浮现一个消瘦的女孩，背着书包在一条铺着糙石板的狭窄街道上安静地走。那时候，她的眼睛是天空的颜色，没有疲倦，没有物欲，没有别离的痕迹。她手里时常提一个蓝色水壶，有时是一个洗干净装袋的水果。那时候的冰砖是四角钱一块，她在桥边那家清洁的杂货店里的消费通常是五角，剩下的一角买糖或是山楂片吃。杂货店老板娘清瘦沉默，但是笑容温暖，她有时会赠女孩吃免费的糖豆。

那个女孩就是我。

我的小学在老街末梢的北端，学校不大，一圈平房围着一个场子，里面有生长茂盛的葡萄藤，还有巨大的磨石滑梯。下雨的时候，我们教室里有些同学就得打伞，甚至还会有青蛙或者是小鱼游进来，于是一屋子的人都夸张地大叫。其实害怕只是做给老师看的，这时候每个人心里都很兴奋，巴不得再爬进来几只乌龟什么的。雨天是孩子的节日。每天放学的时候，校门口总会站一个面容忧郁的老头，他向我们兜售廉价的泡泡糖和甘草梅饼。老街的边沿有一些水果摊和小吃摊，下课的时候，就会有学生跑去，花不多的钱买一个酸李子，或是海棠糕，那些小贩都是面容和蔼的人。

我时常会想起这些关于童年生活的碎片，它们是我记忆中一抹温暖陈旧的橘黄。每次回老家我都习惯走老街，石板条依旧是高低不平的，在脚下发出熟悉的声响，周围仍是密集低矮的青瓦白墙，墙上隐隐绰绰几个大红字：为人民服务。还有诸如“王阿毛是只狗”的一些拙劣手迹，也是同样的面目模糊，年代久远。而今，渭塘镇已两度大迁，世事铅华的碎末飘落在老街粗糙的石板缝里，有风吹过，它们便飞向老街的角角落落，带着点尘埃落定的从容与坦率。外面的世界越来越绚烂，当下的生命里盛容着流光溢彩的新鲜事物。丰荣的今天背后必定有一个逐渐走向没落的昨天，这是规律，一如风，呼啸而至、呼啸而逝，在繁华中观望，在观望中寂静，在寂静中数点一生。

手掌里盛住无限，刹那间便是永劫。所有的事物都在风中出生、成长、消亡。物非人非，风在前行，我观望它亘古不变的身影，知道未来，一如过去，或明丽或黯淡、或衰落或恢弘，都在它来去匆匆的袖袍间生息繁衍。其实所有的一切，王朝、纷争、繁荣、倾国倾城，还有，我们的老街，都只是风中一颗颗飘摇不定的尘埃。我们在风中成长呼吸，当下的生命，以及未来，都会铺天盖地地，随风而至。

人间有味是清欢

我从小是个喜欢素淡滋味的人，不喜浓汁香汤、不好大块朵颐，对大厨们下力煎、炸、煮、烧的美食无甚特别好感。倒是新鲜柔软的一个白净素包、热气缈缈一杯飘着麦香的白水，更能让我用心回味。每一样材料都有它自己特有的味道，而传统的烹饪在让这些食物其味无穷的同时，也令它们失去了原有的滋味。自然，才是真味。所以我爱的食物，往往是不事加工的原味。苏轼词中有云："蓼茸蒿笋试春盘，人间有味是清欢。"讲的是他与朋友到郊外游玩，吃了山野里的自然菜蔬，佐以清淡小酒，甚为开怀，便赞道："人间有味是清欢。"

在我看来，人间至味用"清欢"二字来概括，最恰当不过了。所谓"清"，单从物质层面上来讲，便是烹饪上的简单清闲，并保持食物原有的清香本味。法国素以精致美食闻名，而在这堂堂美食大国里，被世人盛誉为"第一美食"的，却是一种叫"普罗旺斯"的鱼汤。其实这普罗旺斯鱼汤，只是把一些卖剩下的杂碎鱼虾放在一起煮烧而成，最初是一些渔民简陋的饭食。然而，就是因为不作任何烹饪上的加工，使得这些海鲜原有的滋味保存了下来，流传开来后，让后人吃得咋舌。日本有一种独特的风味小吃叫"素民烧"，是把活的香鱼用削尖的竹签自尾向头贯穿再插至石头灶，一分钟左右香鱼烧成金黄色，其香惊人，甚是美味。这香鱼除了抹擦了少许盐粒外，不加任何调味品。自然的东西原就是精华，无为而烹却让食物有了更高层次的滋味，这不正是应了中国语之经典“大智若愚”“大巧若拙”吗？

说了“清”，现在来说“欢”。但是这“欢”似乎得有了“清”，才可显示出它独特的含义来。“清欢”二字除了顾全舌头的感觉外，更多了一层精神上的意味在里面。这时，饮食便成了一种文明，食便不单单为果腹，也不仅仅为享受，它加了审美的意趣在里面，一如茶道，让饮者如痴如醉的，不单只是茶的滋味了。

在中国的饮食文明中，最为人们所称道的，除了酒，就当数螃蟹了。古人素有“九月团脐十月尖，持蟹饮酒菊花天”一说，历代的文人骚客屡屡提及“持螯把酒”这样风雅的场景，就连《红楼梦》中看似不食人间烟火的林黛玉也赞它“螯封嫩玉双双满，壳凸红脂块块香”。看来，这螃蟹的魅力还真不小。螃蟹一般都用清蒸法，不加任何调料，这样最能保持食物原有的风味，和“清”的要求不谋而合。蒸螃蟹前先用经水浸泡的柔软稻草将其牢牢捆扎，再放入蒸笼内用文火蒸煮，这样当螃蟹受热时就不会挣扎攀爬折断蟹脚，影响出笼时的美观，并且还可留有稻草的清香，真乃形色双收。

这蟹，便是至味了。

丰子恺先生也是喜好吃虾蟹等河鲜的，还依稀记得小时候看过表姐珍藏的《缘缘堂随笔》。丰先生写他的父亲不啖鱼肉，却最爱吃蟹，他家的大水缸一到菊黄蟹肥时分必定装满肥美的螃蟹。这个画面已成经典：一轮圆月一盘蟹，一案方桌一壶酒，再浅浅一碟花生米或是豆腐干，桌上蹲一只老猫，然后父亲对月独酌，偶尔掰几根蟹脚给孩子们解馋，其乐融融，不言而喻。所谓清欢，也不过如此了。

我有一位朋友也极爱吃蟹，那时他常说这世上最闲雅的事便是乘上一叶扁舟，带上一盏清酒一盘蟹，在湖中独自流连荡漾，管他日出云淡，其味定会再翻上数倍，其景也定会更美上几轮。我笑他痴，毕竟这样的时日世上几人可得，而可得者又能得几时？好在还有触手可得的蟹的美味和迂回曲折的深奥的文字来填补这一遥不可及的缺憾。我且用一首半懂不懂的李煜的词《渔父》聊以自慰，其实这也是对“人间有味是清欢”的另一种形式的注解与诠释：

浪花有意千重雪，桃李无言一队春。
一壶酒，一竿身，世上如侬有几人？
一羽春风一叶舟，一纶茧缕一轻钩。
花满渚，酒满瓯，万顷波中得自由。

妞妞果然很幸福

写过一则《两日》，是个清凉的故事。那个妞妞，在故事里很忧伤地荡来荡去，她过着不快乐的生活，遇到太多头痛欲裂的事情。有个米豆，在故事的最后有个祝愿：妞妞你以后一定会幸福的。

后来，妞妞果然很幸福。

不是米豆有张金口，而是像妞妞这样的女孩，不幸福也难。尽管，幸福的人，都会在某个时间某个地点，遇到一点不幸福的事情，但是，善良的人总是会微笑着走过一生的，这个世界终究不会让我们失望。

妞妞得到了幸福，在她最困难的时候，相信过一句话：结果决定过程。倘若有好的结果，纵然过程辛苦，也值得一试。在某种意义上来说，妞妞是个虔诚的赌徒，因为虔诚，所以，她总是赢。

在这个世界上，伤心事太多，很多时候，你想得到你要的结果，比如说，喜欢的东西，喜欢的人，会遇到很大的阻力，于是你反抗，这会很痛。有些痛，是个人所无法承受的。一部分人，为了摆脱暂时的痛，会放弃想要的果，重新开始选择，这些人，可能会幸福，也可能不会幸福，他们的人生里会有很多错过，到年老的时候，遗憾的事情会很多。这种人，往往现世安稳，是中庸式的平静怡然，只要有可以果腹的食粮，便很满足。

他们的幸福，不会使世界上的另一种人感到满足。

这种人，便是妞妞式的赌徒。

这种赌徒，往往很善良，感性，也可能很性感，有一点点小天真（我敢说，热衷于赌博的人，要么是天性纯真，要么是心智不成熟，用苏州话说，就是没有青头。前者有成为赌圣的可能，但是后者一定会沦为赌棍。）热爱撒娇，注重内心世界，精神力量强大，幻想空间巨大，情感丰富，有点极端，爱和不爱都来得很强烈，痛和不痛的时候都会感染到旁人，是故事特别多的人。这种人，要么过得很好，要么过得很糟，因为他们永远不会选择中庸。他们是这个世界的精灵。离了他们，地球照样会转，但是生活就不会那么精彩。我喜欢的阿朵就是一个例子，以前我不怎么关注她的歌，但是后来看了一辑专访，看到她说为了爱的人每天写信，把他送的每一朵玫瑰花都做成花干，放在玻璃缸里，忧伤的时候抱着那些花瓣哭，分手后，把花瓣都撒到了海里。这些其实都是非常矫情的事情，但是阿朵让我感觉真实，并且感人，尽管她是个没头没脑没心没肝的女孩子，但是，我喜欢。

那些破碎的碎片

Everything is nothing

很多人流连在网上，因为内心寂寞；很多人流连在网上，因为内心浮躁；很多人流连在网上，因为需要倾诉；很多人流连在网上，原因只有一个：看不透。

一切都是虚空。

我们和不认识的人说心里话，因为安全。我们和认识的人说贴心话，因为温暖。我们和熟悉的人说陌生的话，因为这样才有美感。我们说莫名其妙的话，因为生活真实的幻想。我们不说话，因为我们失望。

失望的人，因为心存太多幻想，就像花开了，知道它会败；就像云起了，知道它会散。失望的人目空一切，知道往事不再来，知道透明的杯子里不会有永远清澈的水，知道这个世界盛不住美好的一切。

关于花

说到莲花，感觉只有一个，安静。然后是，干净。

说到菊花，第一个想到的就是它微微刺鼻的气味，和冰凉不甚柔软的触感。菊花让我感觉生硬，不知道为什么。

我喜欢大朵的粉的艳的雏菊，放在大的陶罐里是殷实而又温暖的一个梦想，就像阳光盛开的早晨，在铺着鲜艳的苏格兰印花桌布的早餐桌上，摆满了松软香脆的法国面包，还有马克杯里浓稠的牛奶，还有乳酪，还有煎好的培根熏肉。雏菊可以刺激到你最为坦荡的食欲。

百合，郁金香，都是好的花，新鲜的时候感觉像是假的，单独的时候比放在一起好看。他们是寂寞的花朵。

满天星，琐碎而又善良，无论搭在哪里都可以，而且都是那么的无关痛痒。其实这是一种伤感的花朵，让人感觉这个世界的无趣和索然。

玫瑰，特别是含苞待放的，确实有着不俗的相貌。有一种蓝色妖姬，被人工调理过后确实现出冷的诡异的妖娆来，可惜被运用得太多，没了花朵的意境，和包子铺里八毛一个的馒头相差不过毫厘。

然后是水仙，自从知道它被一个自恋的男人附体后，我就不曾长久地闻过它。

手链和脚链

很奇怪，我不喜欢项链，但是喜欢手链和脚链。可能我的前世是一个被终身监禁的囚犯，把戴手链脚链当成一种习惯。

我喜欢精致的脚链和粗犷大气的手链。我有一条很得意的银链子，几条细细的银丝绞在一起，上面坠有海豚、星星和月亮，我一个夏天都没有解下来过。有一天我外出穿了一条及脚踝的长裙子，我总是感觉那条银链子勾到裙摆，可是我就不曾弯腰看它一眼。终于到晚上的时候我发现它失踪了。至今未归。

我钟爱的一条手链是我的一个好朋友从西藏带给我的，是典型的西藏手链子，比古朴的藏银手镯要轻盈一点，上面有一块方形的藏饰图腾。我很喜欢它，每次出席喜欢的活动就戴上它。有一天它消失在一个大的游泳池里，我为此潜到池底好多次，我看到了许许多多舞动着的手脚，还看到一对情侣在水底接吻，但是我就是没有找到我的手链。我为它感到难过。

还有一条手链，戴着很舒服的，其实是一串极普通的红豆项链。我在海南旅游时在一个小摊上用很少的钱很偶然地买下了它，又很偶然地把它绕成三圈缠在手上，却发现它实在是一串很好看的手链，我穿红衣服和黑衣服的时候总是戴上它，它让我爱上自己的手腕。

现在它褪色了，红豆被打孔以后无法恒久地保持鲜艳，它陈旧地躺在我首饰盒的一个角落，连一点忧伤的表情都没有。

碎 语

安静的时候，听音乐。

周围没有任何声音。

这个时候，感觉自己像株植物，清晰而略带忧伤。和所有逐渐破碎的声音一样，是美丽的。有女童清甜的歌声，异常清洁，非人间的声音。

自始至终地喜欢婴孩。温柔的有热量的触感。洁白的清香。眼神清澈，像天使。微微蠕动嘴巴，哭泣的时候，让人心碎。

他们像所有的音乐一样，带来最直接的感动。

很多东西都是相似的：纯美的音乐和婴孩沉睡的安静的脸，空洞的窗口和深不可测的时间，沉默的眼睛和白昼安静的端凝。

很多人走在路上。他们把灵魂丢了。他们走得太快。

一切都像一场还没有来得及开始的梦。

倾　斜

我不知道一个善于压抑自己欲望的人是否就算忠贞。一个善于迎合别人的人是否就算是机灵。一个无法看透自己的人是否就算是混沌。一个自我依恋的人是否就算是自私。一个自暴自弃的人是否就会发胖。一个漂亮的人是否就可以美丽。

一个敢于暴露自己内心的人是否就算是勇敢，抑或是愚蠢。

总之，生活就像是一块切得乱七八糟的大蛋糕，你可以选择回炉，或是一块块地把它们吃下去。不管味道怎么样，到了肚子里都是一个样。

瓶　子

我觉得，每个人都像装在玻璃瓶子里的标本，有的被液体浸泡，有的被固体掩埋。每个人都在自己的瓶子里生长呼吸，在一个个暗色的夜里叹息。有时候两个瓶子滚到了一起，于是破碎。

破碎是爱情的常态，要么心灵破碎，要么爱情破碎，要么婚姻破碎，要么自我破碎。碎了，瓶子碎了，我们才能更好地生长，才能更好地认识这个世界。

有的人的瓶子会生出翅膀，像几米的幸运儿一样，在天空孤独地飞翔。但是那个时候，瓶子是空的，没有任何声响。所以有的人的瓶子漂流在大海里，一天又一天地飘荡，于是它不再透明，长出了幽暗的苔藓，终于被人遗忘。这个时候，瓶子会渴望堤坝，渴望温暖的沙滩，这个时候，它可以被人捡起，或是破碎。

破碎是美好的感觉，一如蝴蝶的蜕变，树木和孩童的生长，我们用破碎来换取一切，破碎是我们永远的明天。

The taste of love

有过爱情的人，都会毫不惊讶地发现，爱情是有味道的。如果你爱一个人，你会发掘出他身上的味道，然后你会喜欢，这是爱人的味道。只有相互爱着的人才能感觉到,如果哪一天你不爱他了，那么这种味道会消失不见，甚至会变成不好的气味。当两个人吵架的时候，这种味道也会变。爱人的味道，是世界上最复杂的滋味，很复杂，很有味。

这种味道对于相爱的人来说，非常的好，它让你感觉安然，让你舒心，让每一个坐在他自行车后架上的夜晚都变得甜蜜悠长；这种味道，可以让女人变得漂亮，男人变得温柔；这种味道，可以让一次又一次不经意的哭泣，变得美丽无比；这种味道，无关回忆。

呓语，黑夜，猫及其他

夜晚是最清明的时刻，对于清明的人来说；夜晚是最颓靡的时刻，对于颓靡的人来说。我总是惧怕着或者说沉迷着这如水一般的颜色，即使在白天，我也带上一点它的碎片，我的衣服几乎都是黑色的，从骨子里透出浓稠的温暖来。

女人像黑夜，或者像猫，一只在夜间的猫，或者是蜷偎于白昼的黑猫。我喜欢的模特姜培琳用猫来比喻自己，欧洲人认为猫是通灵的，如同一种寓言，或者是诅咒。

我的忧伤像蜜糖

最近过得还算太平，但是总是在想一些非常傻的问题，我还以为我一辈子都不会为这些无谓的问题所困扰了。昨天我和朋友又在讨论着有关幸福的问题。这个问题被我们说得太滥了，无非是知足的女人最幸福，幸福不在于你有什么，而是在于你在想什么。幸福源于内心，幸福的指数和财富无关……在不幸福的时候谈论幸福是一件很无聊的事情，其实不幸福就是无病呻吟。我总是相信一些朴实的话语，比如说乐极生悲，否极泰来；比如说月盈则亏，满招损，谦受益，等等。我总是相信平衡。

我还有一个非常好的习惯，那就是善于忘记不愉快的事情。所以我看恐怖片不会留下太多的阴影，所以我可以在同一个地点摔好多次跤，所以我看到每一个人都心怀喜悦，所以我敢大言不惭地说我的忧伤像蜜糖。幸福和不幸福的感觉就像是糖里面的巧克力味道和薄荷味道，其实都很美妙。但是这个世界上永远不会有完满的事情，无论是巧克力和薄荷味道的糖都会让人蛀牙使人发胖。所以蜜糖绝对有理由让每一个女人忧伤。

喜　欢

喜欢闲着。喜欢无所事事。喜欢通体舒泰。喜欢别离。喜欢被爱。喜欢咖啡。喜欢长头发飘飘摇摇走在路上。喜欢消瘦。喜欢健康。喜欢星巴克的黑森林和热可可。喜欢恐怖片。喜欢被人欣赏。喜欢真实。喜欢清淡。喜欢彼此了解。喜欢旅游。喜欢寂寞的公路。喜欢胡言乱语。喜欢小资。喜欢玩情调。喜欢岁月老去皱纹不再。喜欢优雅。喜欢沉默的眼睛。喜欢小狗小猫。喜欢悲伤的电影。喜欢在自己最好的岁月里，喜欢的人在身边。

Black

从骨子里讲，可能我自始至终都是一个缺乏安全感的人。所以我喜欢黑色。黑色让我的身体和灵魂都能感觉自如，黑色让我感觉坦然感觉安静无比，黑色是我的梦幻我的家。黑色是我永远的想念。

热恋的时候，曾经一度尝试过七彩的颜色，最终尘埃落定，发现我永远只属于黑色。每一件能够让我怦然心动的衣服，都是黑色的。黑色是我的感觉我的宿命我暴露在太阳底下的颜色，黑色是我不断重复着的快乐和忧伤，黑色是我一辈子的理想。

无语一则

很多时候，觉得无话可说。因为生活的本质就是无语。话语代表不了什么，就像流过的水，泄漏的光线，只留下一点年代久远的印渍，一些光影模糊的影子。当下生活的丰盛，或是单薄，无关言语。

但是很多人因为言语生活，譬如主持人，譬如作家，但是这不能说明什么，就像扫地的，或是买冰激凌的，是一样的呼吸和脉动，当言语变成一种谋生工具，它也变得无意义，所以这个世界归根到底就是无意义，就是混沌。有个人说，人生是用来虚度的，才情是用来浪费的。那么言语呢，流过就没有了。所以，也是若隐若现的性质，但是不可缺无的。

和朋友说话，静静地坐很久，看着对方，喝一些味道不是很好的茶，漂亮的杯子碟子透明的烟灰缸，水紫红的窗帘，楼下蜷着的一只猫，因为烫发而微微开叉的头发。这些都是快乐的东西，无关言语。

如果黄圣依在《功夫》里演的不是哑女，可能就没有那么大的感染力。所以其实，我们的很多话语真的是很多余。

Beauty

不同的女人在不同的阶段不同的时间都会拥有同样美丽的心结，女人是一种神秘的动物，有时候更趋向于植物，类似于海底浓郁芬芳的海草，有各种各样撩人或者是朴素的姿态，让人惊奇。

遇到许多美丽芬芳的女人，在不同的年龄用不同的姿态吐露她们的瑰丽她们的芬芳，让人叹为观止。男人的特质在力学上，女人的特质在美学上。有个错位的美女，叫河莉秀，她比一般女人要嗲要造作，但是不会让人感觉难受。这是我所欣赏的一个错位，至少她很坦然，很开心地在展示自己的美丽，从内心里爱现在的性别，所以她是一个舒展的美女。

还有在力学和美学里错位的一个女人是李宇春，我先是在海报上见过她，觉得作为一个女人她挺失败的，后来我看了她的演唱会就改变了这种看法，她毫不做作，即使没有许多女性的特质，但是她舒展的姿态同样让人舒服，中性的洒脱与无畏。女人如果拥有很强大的磁场和魅力，可以撇去外貌和服饰。很多人领悟了这一点，所以过得坦然又舒适。

并非祈祷

暑假总是让人过得精疲力竭。很多人在上学或上班的时候生活规律要走路要爬楼梯，不忘每天喝蜂蜜，睡前牛奶饼干巧克力，所以长就红扑扑的脸颊和不用涂唇蜜便可鲜艳的嘴唇。在暑假很多人感冒发烧浑身乏力，就像一群许久不见阳光的小麦或是在阳光下暴晒太久浑身滚烫的干果，没有了原生态的清凉滋润，在电脑DVD的辐射光下渐渐腐烂发霉，直到假期结束。

我最近长就一颗浮躁的心灵，看肥皂剧觉得做作得要死，写字又是枯燥得要命，做什么事情都感觉不如意。这样不好。也许要找个契机好好地调节一下。一辈子很长也很短，所以我讲究生活质量。可能我是一个崇尚精致生活的人，精致的源头首先要有平和冲淡的心灵，宛若艾美丽的微笑，一颗永远知足的心灵。所以我不断对自己说："要微笑，要幸福，要有永远平和的心灵。"

于是我对自己莞尔一笑，然后睡觉。

关于爱

爱是一件伟大的事情，能够把自己的爱很好地表达出来这样的事情真不容易。普通话考试的时候有篇文章很好读，我们每个人对它的印象都很深刻，它的第一句话就是：爹不懂得怎样表达爱……

有的男人很会表达，但是不知道他们表达的是不是爱，还是欲望。这种男人是甜言蜜语型的，他们在甜蜜蜜地表达自己的爱情的时候也许是真诚的，但是这种爱情总是不持久，所以一般上了年纪，经历了很多事情的女人都改成喜欢好好先生。

所谓的好好先生，我想，也许就是指口头不会表达爱，但是手头很会表达的那种看上去挺老实本分的男人吧。不会说甜蜜蜜的话，但是会做很多甜蜜蜜的事情，会给女人热牛奶，会洗碗，会不声不响把女人爱吃的零食塞满冰箱。这种男人是很多女人的梦想。

女人的一辈子

女人的一辈子，可以很简单，也可以不简单；女人的一辈子，可以很美，也可以很丑陋。这些，在很大程度上，取决于女人都遇到些什么样的男人。女人的一辈子，总是和男人紧紧捆绑在一起。因为这个世界就是这样的属性，很久很久以前我们的老祖宗就用太极图完美地诠释了这一个现象。

弗洛伊德说，世界充满了性。从一出生，性就排斥在我们的周围，主宰着我们的一切行为。听过一个很有名的也很有威望的何建明的讲座，印象最深刻的一句话就是，人所作的大部分行为都是非理性的。所以，不管我们承不承认，女人都是性感的，女人用性别的属性来感觉一切，所以感性。

所以女人的一辈子是随风飘荡的一辈子。幸福随风而至，也可以随风而逝。女人的幸福是清风里飘飘荡荡的花瓣子，看起来很美，触摸起来很远。女人的幸福是幻觉是梦想，睡得越深，幸福就越长久。所以能够沉睡一辈子的女人最幸福，她能够像白雪公主一样躺在铺满玫瑰的水晶棺材里，做很多甜蜜的梦。在这个时候，王子最爱她。

一个人的花朵

我有点购物狂的倾向，据说这是一种心理疾病，源于压力或是缺乏安全感。我是对什么事情都毫不在乎的一个人，所以我的爱买东西无关压力。这种疾病会随着时间慢慢愈合，也可能是愈演愈烈，无论是何种结果，都有它内在或是外在的因。总之，每一个人，犯的每一种病，都是因为自己。都是因为自己爱太多，或是爱太少。也有是因为太多的爱无处宣泄。也有的只是因为很长很长时间过着一模一样的生活，需要通过生病来改变一下。所以我说，生病是我们内在欲望的外延，无论这种病是生理上的，还是心理上的。

我飞快地打下这些字，也许如果不够快，让我停下来慢慢思考一下的话，我会迅速把这些无聊的言语抹掉，不留任何痕迹。我不知道这个时候不去床上躺着看碟片而是在电脑前喋喋不休到底有何意义。但是我觉得太多的事情都没什么意义，因为一个幸福的人根本就不用去思考这么没有意义的问题。但是我还是喜欢胡言乱语，我知道这些都是最最没有意思的事情。据说人分为两类，一是自恋型，一是依恋型。我隐约记得自恋型的人喜欢的人有三个：过去的自己、现在的自己，还有一个是未来的自己。依恋型的人会通过爱自己的母亲或是周围的人来爱自己。总是，每个人爱来爱去都是在爱自己，无论是自恋型，还是依恋型。每一个爱买东西的人，都是在用这些东西来填补自己，淹没自己。

秋天的阳光和花草

我记得今年的春天，蝴蝶特别多，而且有着极其灿烂的阳光。在很多很多的花圃里，白色的粉色的蝴蝶在阳光下飞舞，真的是极其美丽的画面。很多漂亮的东西都无法言说，就像看宫崎峻的电影，很多玄秘的影像在心头闪现，但是你无法言语。唯有沉默，唯有沉默才能构筑美丽。

今年的秋天依旧有着充沛的阳光。绿色的草坪上有踢足球的少年，皮肤晒成健康的小麦色，头发剃得很短，穿白色的短袖大T恤，奔跑的时候像波动的海浪。很多人在秋天的时候食欲旺盛，似乎和某种小兽一样，忙着为冬天囤积脂肪。而我，总是个例外，尽管这个季节的蔬菜和水果是最好的。

这些天降了一点温，但是没有萧索的味道。植物依旧蓬勃地长着，但是没有了湿润的葱郁的味道。桌子上那株长了两个夏天的兰花终于把小小的花盆撑满了，那些长长的舒展的流苏一样拥挤的叶片终于垂下来，仿佛一个人过于浓密的头发。于是我把它们交给我的爸爸，换个稍大一点的盆子，再铺些泥。我自始至终没有再看它们一眼，大概已经有两个礼拜了。

抑或是更长。

依旧是雨天

有时候我无比怀念可以发愣的日子，发愣像是漂流，就像在雨天不断地不断地撑着伞走路一样。没有人关心伞下是怎样的一张脸，他们只关心不要被雨滴淋湿。

很多人在雨天丧失美好的心情和被褥上阳光的气味，雨天可以让很多人的袜子湿透很多人的头发散发出不洁的气味。雨天没有干净的心情，但是我习惯在雨天开了台灯安静地看书。雨天是一场挥霍时间的盛宴。

我喜欢雨天，但是我讨厌被雨淋湿。我喜欢透明干净的雨伞，和伞下洁净的头发清香的气味。在雨天里我丧失胃口，但是这让我感觉肠胃清洁。所以我可以说雨天也是洁净的日子，特别是换上干燥的棉布衣服，擦着新洗干净的头发，推开窗子让湿漉漉的空气像风铃一样飘进来，是美好的感觉。

我总是能在雨天听到好的讲座，遇到美好的事情。在雨天喝茶和咖啡，湿漉漉的犹如浸泡在多汁的水果里。有次在苏大门口，被两个骑着自行车的学生送了一只蓝色的气球。虽然是一错而过的背影，但是这个气球让我开心地微笑起来，感觉无比甜蜜。

恍若隔世

有没有人和我有过一样的经历，就是在一个阳光模糊的早晨醒来，桔黄色的光线斜斜地罩在你的床上，你眯缝着眼睛，心里有一种很奇怪的感觉，介于空洞和悲伤、愉快和迷茫之间，你会有种隐隐的预感，今天的所有事情，都似曾相识。果然，当你在路上偶然地看到一袋水果，或是从某个人的手里接过一样东西，你会发觉这个情景犹如昨夜清晰的梦境，所有的一切都似曾相识。这种感觉如此熟悉，让你整个的心灵刹那间腾空而起，你只是感觉奇妙。

太多的事情无法解释。这么多年来我默默地跟随着自己的性情。很多人都无法释然。于是我崇尚空白。当我知道星座，知道玄学，知道周易，知道探索频道，我开始知道无需去解释所有的事情。放任，随心，便好。做大欢喜世界里的小欢喜。微笑是欢喜，游走是欢喜，饮水是欢喜，悲伤是欢喜，愤怒是欢喜，愚钝亦是欢喜。

我总是时而浮躁，时而安静。浮躁的时候，心里有万般的想法，白天做事迅速而灵活，口齿清晰，会讲笑话。但是梦境空洞，一觉深沉地睡到天明，第二天重复这庸庸碌碌的生活；安静的时候，极想做冬眠的动物，或是一尾深海里的鱼，只想把自己深深地埋起来，不见任何人。几乎丧失言语功能，说话缓慢而迟钝，并且无趣。但是梦境奇幻丰富，如同置身壮阔的各色场景，把自己深深震撼，在清晨醒来，幽静而又甜蜜，有感动的气息。有时候人间或是非人间出现的美景,无法言传,无法传递,言语或是摄影只会削弱它的美丽。

所以我说，这个世界总是相辅相成。好和坏，悲伤和欢喜，喧嚣和幽静，有情和无情，像两根灯芯紧密交织在一起，等待生活把它们一起燃烧殆尽。

眩　晕

眩晕是不知所终的感觉，就像被海水淹没，被暗流吞噬。眩晕是一个暗色的透明气泡。

看过希区柯克的悬疑电影《眩晕》，永远不在一个世界的情侣，和错综复杂的女人，也是不知所终的结局，犹如一场眩晕，绚丽而又潦倒。

缺乏睡眠的时候，或是疲惫的时候，会有眩晕的感觉，比如现在，是不知所终的语言和情绪。恍惚间回忆起很多年前军训的时候，站在白花花的太阳底下，身上是滚烫的，并且疼痛，有眩晕的感觉，我渴望自己能够失去知觉。但是我一直长久地站在那里，军官的训话遥不可及，他的脸黝黑冰冷。太阳依旧炙热，周围是一张张毫无表情的脸，于是我选择哭泣，一动不动地站在那里，站在很多人中间，眩晕，哭泣，泪流满面，但是没有声音。

也不知道是如何一步一步走到现在，从小到大，生病，疼痛，考试，焦虑，为了数学考试不及格哭泣，在烈日下漫长的军训，很多很多可怕的事情，一如眩晕，迷糊而充满恐惧。总是期待这些能够早点过去，似乎是为了迎接下一次的眩晕。

冷酷的温度

总是有一些男人冷冰冰的脸，让人感动，那些冰冷的表皮后面，覆盖着很多的故事和创伤。一张冷冰冰的脸，是装不出来的，摆酷是摆不出温度的，更不用说是摄氏零度。

爱上零这个数字。这是一个太智慧的数字。水在这个温度里，不是水，也不是冰，零度让很多东西都不知所以。所以一张冷冰冰的男人的脸，应该是零度的，冰里面的温柔，和水里面的锋利，让人不知所以的温度。

以前我有个同学，拥有一张与生俱来的冷冰冰的脸，他坐在我前面，总是板着一张脸，总是插着耳机听音乐。他穿破的牛仔裤和雪白的衬衫。笑起来坏坏的。有个隔壁班的女生，因为他的冰冷，疯狂地爱上了他。那是一个很有魅力的女孩，虽然五官不是特别出色，但是非常有味道，她经常独自外出旅行，曾经穿越过西藏境内的一个大草原。她热爱绘画和长笛，学校的晚会上她穿着露肩礼服吹奏长笛，全场很黑，白色的聚光灯打在她身上，空灵的笛声散播开来，就像一个优美的女巫。

最终他们相爱了，克服了很多困难。他们穿情侣服，吃一样的东西，他的小女巫把他照顾得无微不至。他的冰冷被稀释。最后，女巫发现她不爱他了，因为他冰冷的外表下面，是一颗孩童一样的心。最终他们还是分手了，小女巫去了澳洲，前途无量。我的同学在学校里颓废地成长，换的女朋友一个比一个丑。最终，他在情人节的那一天草草地结婚了。他始终不再那样冰冷。

无关遗忘

我是一个没心没肺的人，在快乐和不快乐的时候，都会忽视很多人，或者遗忘很多人，包括朋友，包括亲戚。我的世界就是我自己。

很多朋友一见我，就会大骂我的没良心，然后拥抱，然后长谈，然后依依不舍,然后再次遗忘。我似乎天生就是用来对不起别人的，我是对周遭那么麻木的一个人。

我的快乐构筑在遗忘上。如果一个人记忆力太好，是件很痛苦的事（当然，背英语单词的时候除外）。所以，东邪和西毒喝下醉生梦死是有道理的，他们用迷茫的眼神诉说着后现代的爱情和生活，他们披头散发，用粗糙的瓷碗喝酒，说很多无病呻吟的话，所以让人感觉高深莫测，所以他们是现代生活中的一个神话。

老子有句很好的话：复归于婴儿。婴儿是伟大的，因为他们的柔嫩和脆弱，所有的父亲母亲包括不是父亲母亲的人们为婴儿付出了一切，付出一切后依旧无怨无悔，依旧那么地爱他。婴儿的伟大还在于他们的无知无能和无记忆，婴儿是我们的梦想，我们想要塑造的未来，婴儿有我们想要的巨大的幸福感，生存着，而且无意义，就像花花草草一样，只知道吮吸和生长，他们是我的偶像。

Friends

有个朋友说，我喜欢安妮的文字，但是我不敢看，我觉得可怕，我会掉进去。

她是个自律的女孩，能在KTV里静下心来看书。有一天她突然打电话来问我，如果你和一个男孩子一起吃肯德鸡，有一份辣鸡翅，他递给你一个，然后自己吃那份用纸袋子包着的，你说，这样的男孩值得信赖吗?

我有她十六岁时候的照片，挽着细细的辫子，是洁白可爱的，有一种出尘的美。因为出尘，所以她至今没有男朋友，她是一个不喜欢妥协的人，做事都要做到极致。她的功课一直是最好的。她做什么事情都是这样，唯独爱情。爱情和做功课不一样，她出尘的美，和爱情无关。

有一个朋友，她总是担心自己会老去。她用各种各样的护肤品，每长出一条皱纹都会跟我说。她在淘宝网上留意各种护肤品，和我聊天的时候总是贴满面膜。她送给我的礼物不是洗发水就是爽肤水。她说我们俩一个是美女一个是天仙。她总是夸我的皮肤好，她总是说我漂亮，而且有味道。她好像看不见我的豆豆。和她在一起我总是很有自信。她是可爱的。

我还有一个朋友，她非常喜欢玩，而且玩得很好。歌唱得不错，人缘很好，去“震撼一条龙”对决的时候我认识的人都在帮她拉选票。她一个季节会换好多种发型，QQ头像变成了她的发型展示窗口。她麻将搓得不错，天儿聊得很好，她是个让别人感觉生活是那么美好的人。

我有那么多的朋友，所以生活很美好。

糖果的天空

在我 N 多个包包里，永远不会少一样东西，那就是我亲爱的亮晶晶甜蜜蜜的糖果。木糖醇、果仁葡萄干巧克力、牛奶太妃糖、玉米软糖、瑞士水果糖、渔夫之宝、喔喔润喉糖、念慈庵枇杷膏、甚至五颜六色的棉花糖，它们塞满我生活的角角落落，我不分场合不分地点地把它们塞进嘴里，大声咀嚼，幸福地眯起眼睛。总有一天我会得糖尿病无比悲凉地死去，可我是不见棺材不落泪的，而且我的眼泪都掉在电影院里了，没空给棺材。

池莉说：有了快感你就喊。我知道这句话最早是贴在美国大兵的火柴盒上。他们吃着牛肉罐头把美女图片贴在每一张行军床的顶端部。这句话激励着无数人努力工作、无数人高官厚禄、无数人纸醉金迷、无数人误入歧途、无数的人勇敢地死去。

我的快感在哪里？我的快感在嘴巴里，我甜蜜蜜的味蕾是我最可爱的宝贝。我的宝贝不会拒绝任何一样滋味，就是五毛钱一个戴在手上的戒指糖，我也会兴高采烈地舔得有滋有味。

真不敢想象，如果没了糖果，世界将会怎样。

小的时候，老师布置过一篇看图作文，写的是一个无比困苦的孤儿得到了红军叔叔给的一颗糖果，最后他加入了红军。那时候我们肯定认为孤儿是为了救人民于水火，受到伟大力量的感召，但是长大后想想，如果有人对这个孤儿作个独家采访，情景会是这样的：

问：你为什么加入红军？

答（脸上露出憨厚纯真的笑容）：跟着红军，有糖吃。

淡去的节日

除夕了。

这就是我们的节日。太阳还是很好，惨淡的白。有稀稀拉拉的鞭炮声，可能是很小的一群孩子躲着城管在打游击战吧。这个不是属于我们的游戏。昨夜珍珠湖边放了一场盛大的烟花，家里的老祖宗说，又在烧票子了。一大家子人围着桌子吃吃喝喝，一肚子大鱼大肉，看到青菜就使劲动筷子，过个节，把我这个食肉动物变成素食主义者了。还是个食欲不振的素食主义者。

我在想，今天可是除夕啊，除夕唉，可是我怎么就兴奋不起来呢？早上很痛苦地爬起来，梳乱糟糟的头发，盯着镜子发了一会儿呆，又是一年，又老了一岁。这一年，长了很多豆豆，交了几个朋友，没发什么小财，爸妈身体不错，菜头还没发福，工作还算顺利，造人计划还没实施……总之，小日子还算过得不错，就是有一点，不爱过节了。是我老了么？

那天胖舅舅拉我出去喝咖啡，我说，要过年了哦。他说，嗯，要过年了。不过现在过年没什么过头。现在人民生活水平好了，想到哪里吃就到哪里吃，想买什么衣裳就买什么衣裳，天天都像在过节，现在谁还在乎过年呀。

我说，哦。

其实，我想，还是因为我老了的缘故吧，连喝咖啡都不起劲了。

电　脑

有很多天没有来这里了，也没有上网。突然间，网络对我而言变成了一个多余的东西。不像很多年前，或者是很多天前，一回到家就是打开电脑，然后写字，然后上网，然后聊天，然后做很多无聊或是有聊的事情。忽然间会觉得这样的生活很可怕，把自己的世界固定在一台机器上。电脑刚出来的时候,觉得对着它写不出字，一个冷冰冰的机器怎么也不及纸笺笔墨来得温暖。后来渐渐习惯电脑，最后变成惯性，开始对着日记本会写不出字，而且写字水平严重退化，只有在清华紫光的帮助下才能流畅地书写。台灯变成一种摆设，每个晚上倚在床头灯下看书的时光似乎一去不复返了，我把自己整个地交给电脑。所以我尽管成年了，视力还是在退化。

菜头也爱电脑，自从家里新增了两台手提后我们再也没有为争夺电脑打过架。后来，我们对电脑高涨的热情便退却了。和食物一样，只有在抢夺的时候才有最好的滋味。我们对电脑产生不了爱情了，以前电脑是我们的空气水分和咖啡，现在不过是食欲不振时的零嘴，怎么尝都没有好滋味。如果世界没有电脑，很多青少年的身体素质都会好很多。我同事的小孩个个都爱电脑，年纪从几岁到十几岁不等，几乎个个都是打游戏的高手。有个孱弱的小女孩，每个礼拜都要去中医院调养两次，可是她在电脑前却是无比强壮，可以整日不间断地打泡泡堂——面对他们我真是很汗颜。

可是这些天没有碰电脑后我觉得自己的生活很美好。我作了户外运动，我去医院探望了我的阿姨，我买了一束花，我吃了几回高热量食物，而且通过户外运动消耗掉了，这使我晚上的睡眠非常好，少了很多豆豆。我的豆豆终于在春天消失了。我要感谢我的电脑，它的孤独成就了我的美丽。

男者女者说

有个很聪明的女人说，我告诉你一个经验之谈，这是我穷其一生总结出来的：为什么这个时间上优秀的女人总是找不到优秀的男人，或者说优秀的男人找不到优秀的女人——就是因为优秀的女人和男人都很高傲，不肯主动出击；就是因为优秀的男人和女人身边总是有一大群不是那么优秀的女人或是男人；就是因为优秀的女人和男人看到优秀的异性身边已经有那么多追逐者了，就不来追你了。因为优秀的男人不好意思让不是那么优秀的女人伤心，因为优秀的女人总是抵挡不过不那么优秀的男人长时间、近距离、远距离，不同方式不同心思永不放弃的苦苦追求,所以就有了这么一种现象，就是好男人找不到好女人，好女人找不到好男人，所以这个世界上的便宜都叫坏女人坏男人给占去了。

而我觉得，这个世界上根本无所谓好坏男女之说，只不过是很多人没有在合适的时间遇到合适的人，或者在不合适的时间遇到合适的人，或者在合适的时间遇到不合适的人，也可能是在不合适的时间遇到不合适的人。总之，一个人的牛肉是另一个人的毒药，西方人都这么说，我们东方人也不能逃脱。我觉得我是牛肉和毒药通吃的一个人，因为我很想得通，而且我觉得男女之间的不悦可能都是因为自身的原因造成的，因为一个人的内心，世界可以是和睦的，也可以是可怕的。总之，说来说去，就是要说明一个问题，其实包办婚姻挺好的，到洞房花烛夜夫妻才见面，这才叫千年修来的福分，现在众里寻他千百度的婚姻，也未必见得有多么稳固。

碎　片

我应该是一个很幸福的人，生活幸福，舒适稳定，还有很多很多的人爱着我关心着我，有一大帮的朋友可以胡闹，倾吐，或者相互攻击发泄。但是，我骨子里却是那么灰败冷落的一个人。

从很小的时候，我的作文里就有“在黑暗的河流里漂流”的句子。但是我掩饰得很好，每一个教过我的老师都觉得我是一个阳光上进的好孩子。我也几乎是这么认为的。但是我的文字里有挥之不去无处不在的颓，就像一个患有红斑狼疮的人无法躲避她越来越多的红色斑点一样，突然间有了一种绝望般的坦然。

有一次，我写了一首诗，题目叫《黑眼珠里的云雀》。老师的批语是：池塘，白色的云朵，黑色的眸子，云雀和它们水中的倒影，这都是令人舒适的、阳光的东西，为什么在你写来却是那样沉重压抑？从那一次起，我决定不再掩饰我内心的真实想法，随心去写我的黑暗和沉重，虽然这些沉重没有二两重，虽然现在人们讨厌死了无病呻吟。

我现在以至于过去很久以来，最感兴趣的是心理学，我对自己和周围的人作过很多分析，知道有很多事情在很久以前就注定了。我回想自己的童年，或者比童年更早的时候，尽管都是一些浮光掠影的影像，但是已经足够说服我对于现在自己的看法了。我是一个悲观主义者，但我又是一个快乐的人，很容易就能触摸到幸福。

下雨，总是下雨

雨天的时候，总是一个人最有感觉的时候，就像喝醉了酒，可以扩张喜怒哀乐。下雨时候的清愁，或者淡然的喜悦，都是和窗外的雨滴一样，汇流成河的。所以，女孩子很容易在雨天哭泣，很多哀伤的爱情，都在雨季的咖啡馆里上演，即使在雨天相骂，也要缠绵一些的。

我有个朋友，雨天爱她，只要和她出去旅游，总是会下雨。她说，我身上有妖气，我走到哪里，雨就下到哪里。大家嘻嘻地笑，知道这是巧合罢了。但是世界上有很多巧合，都是冥冥中注定的，所以世界上会有那么多人宿命，所以世界上有很多人，注定会幸福，或是不幸福，世界上有很多人，会注定爱上雨天，爱上雨天的咖啡馆，和雨天的一切。其实，这一切，都是自己命定的一个巧合罢了。

结婚的时候，遇到雨天，有很多人都会不高兴。我参加过很多婚礼，有晴天的，有雨天的，也有不阴不晴或是又阴又晴的。后来我总结了一下，发现一个很惊人的规律，就是雨天结婚的人，婚姻往往总是有或大或小的问题，他们过得大多不好。有对雨天结婚的夫妇，一年后离了，婚姻让他们遍体鳞伤。又有一对，雨天的婚礼，后来丈夫出了车祸，差点死去，医好后妻子有外遇。后来丈夫又迷上赌博，总是不快乐。我知道我这样说后很多在雨天结婚的人很有可能都想来打我，但我说的是事实，这些事实是巧合，这些巧合有时候是注定的。有时候我们不得不相信诸如命运一类的东西。但是也有一些人的命运总是很好，即使结婚的时候天上下铁，他们也会很幸福。所以我说得再多，总是废话。这个世界无论下不下雨，总会有那么多的人幸福着，那么多的人痛苦着。

有关雨天

觉得懒人都是喜欢雨天的。懒主妇可以不洗衣服，懒爸爸可以不带儿子出去逛公园，懒工人可以不扫大街，懒鸟可以不早起，懒狗可以不叫唤，总之，雨天几乎是一个随心所欲的世道，迟到的学生也会少挨几句批评，雨天是温和的，雨天是湿润的，雨天像女人，一个温吞吞的懒女人。

有很多有关雨天的回忆，有关父爱，母爱，同学情谊，抑或是自己的爱情。雨天，总是在不经意中流露出她的伤感来，这个时候，雨天便有了情调，即便懒，也是慵懒，水一样的迷离。

下雨的时候我喜欢蜷在床上或是大而柔软的沙发上，一定要开明亮的灯。我喜欢在明媚的天气里拉上所有的窗帘，把房间搞成一间暗室，在雨天或是户外阴翳的时候，一定要把室内搞得明亮而且温暖，从而达到某种平衡。这也许是一种怪癖，但是我乐此不疲。雨天是看书或是看碟的最好时刻，那个时光几乎可以说是美妙的，世界停止忙碌，雨天是属于你的，温情，慵懒，空气里是雨天潮湿的气味，皮肤不会觉得干燥，花店里送来的花束可以晚一些颓败，有很多理应马上做的事情可以暂时放下，雨天的快乐是穷开心般豁然无谓的。雨天的快乐像阳光，照在叫花子身上，一样温暖；照在痛苦的人身上，一样的寒冷。

我说过，雨天就像女人，一个温吞吞的懒女人。我也见过很多别样的女人走在温吞吞的雨天。她们是美丽的，至少大多数是这样。女人属于雨天，哪怕是一个很阳光的女孩。

雨天和女人，以及伞

很多女人会说,雨天让我不快乐。雨天让我的心情变得很糟糕。雨天让我发疯。说这些话的女人在天气好的时候,往往是很快乐的。能够不时表达出来自己感觉的人往往很率性,很纯真,至少很真实。

我觉得一个身材修长纤细的女孩或是女人在雨天撑一把伞,会是很美的。在我的审美观里,道具和场景会占很大的比例。小时候看言情,很多人分手都在雨天,很多相爱的人分手后都会在大雨里扔掉手中的雨伞,或是跪在雨里痛哭流涕,或是来一个特写:泪水雨水在女主人公美丽的脸庞上纵横交错。最让我惊艳的一个场景是《第 101 次求婚》里一把透明的雨伞,在镜头完美的黄金分割点中躺在雨里,伞上挂一个小小的护身符,这个镜头长达几十秒,配合了动人的背景音乐,很轻易可以让人落泪。从小的耳濡目染让我相信,要分手就一定要在雨天,雨天的分手充满美感,不像在青天白日里说再见那么残酷那么真实,雨天的分手让人感觉充满期待,尽管伤感,但是还有机会,我想这是很多喜欢雨天的女人之所以喜欢雨天的理由。我不喜欢被雨淋湿,所以我潜意识里喜欢撑伞,我这个人如果去英国,是可以做女士里的绅士的,因为我天天会带伞。

依旧是寒冷

依旧是寒冷，虽然已经是春天了。

寒冷的春天让人感觉寂寞和颓然，杯子和电脑的触觉都是冰冷的，像玻璃窗外没有生机的脸。买了好些春天穿的衣服，温暖的日子却迟迟不到来，像个买了雨衣巴巴地等着下雨的孩童，又添了成年的颓和绝望。依旧冷着，于是吃很多热的食物，依旧穿着很早前就想送进干洗店的羽绒服，袖口上和襟前已经有了隐约的污渍，也不去擦拭，让那些污渍坦然地赤裸出来，是赌气般的丧气。明天气温还要下降，几乎连生气都不会了。

吃过晚饭去超市，下着雨，打在车玻璃上很重的感觉，街上的人还是很多，裹着围巾和雨衣在冷风里奔走，打伞的也是怆然地把头顶在伞后，露出长的胳膊和腿，宽大的冬衣在风里翻飞。寒冷不会带走什么，除了舒畅和张弛有度的美。不是很晚，天却是黑透了，车灯的亮度显得格外亮而突兀，每一个被射到的人脸上都是意外的表情，或是漠然的，或是惶恐的，像审讯室里强光灯下的脸。总之，没有一张脸是喜气洋洋的。下着雨，寒冷，黑而且潮湿，这是一个令人沮丧的春天的夜晚。

有个女人，穿单薄的衣裳，一身黑色打扮，头发被淋得湿透，在这个气温为零的夜晚，穿一条黑色的热裤，靴子是齐脚踝高的，她从我的车前走过，两条赤裸的腿被车灯照得雪白，但是毫无美感，在这样一个夜晚，什么都古里古怪，以至于我刚才喝酸奶的时候，大半杯都泼在羽绒服上了。也许到明天，我不该穿它了。

快乐到底是什么东东?

老师说过，纯洁分两种，一种是雪花般的纯洁，一种是火焰般的纯洁。那么我说，快乐分两种，一种是掺有杂质的快乐，譬如，痛并快乐着。还有一种是纯粹的快乐，譬如，傻子的快乐。总而言之，这个世界上总是有很多人快乐着，在各种各样的地方，用各种各样的方式。

为什么我们喜欢孩童，也许是因为他们的快乐纯真剔透，他们的快乐那么干脆那么自由，他们的快乐很容易感染我们。孩童是我们的天使我们的榜样，我们一辈子的梦寐以求。但是每个人只能短暂地把它拥有，除了傻子。

我在年纪慢慢变得很大的时候懂得了“四十不惑”这个道理，因为不惑，所以快乐，越大越快乐。四十不惑是个好词。我们年轻的时候，因为对很多东西心存疑问，所以我们很痛苦，所以我们很不安，所以我们会做很多出格或是不出格的事情来消除这种不安。那个时候，我们每个人似乎都有一副大智若愚的面孔，实际上傻透了，而且一点都不快乐。我们始终做不到像傻子一样快乐。所以我们要学会不惑，对这个世界不要抱有疑问，不要思考太多，不要质问太多，这样，我们就快乐了。

而事实上，快乐就是这么简单。而事实上，这么简单的事，非要到一把年纪了才搞得清楚。

跪的艺术

我们长到这么大，每一个人都跪过，也都见过别人下跪的姿势：两膝着地、腰股或弯或直，就像把人一折二了一样。一般说来，跪不属于人类生存的正统形态，平日里我们会站会坐会倚会躺会卧，却不会轻易地选择跪这个姿态，就像我们吃米饭吃鸡腿吃香菇，却不会随便吃康泰克或是美富来，我想这其中的道理是一样的。

跪是一种默化了的语言。跪意味着隆重、感念、卑贱或是无所适从，它把所有的景仰、所有的感激、所有的愚昧和无奈都融入轻轻一曲膝间。跪可以用来表达爱慕之情，大家都知道，在西方，男子向女子求婚时都要单膝下跪，以此来表明："我被你征服了。"其实不仅是西方这样，在古老的中国也是如此。蒲松龄所写的《青凤》中就有这样一个情节："生长跽而致词曰：小生不避险恶，实以卿故。幸无他人，得一握手为笑，死不憾耳。"这儿的"跽"就是跪的意思。

跪还是求情或是求饶时的杀手锏，只要一遇到下跪人们就会方寸大乱，于是"没得商量"变成了"有话好好说"，"何必"变成了"何苦"，"不行"变成了"可能"。所以说，有时跪就像是一张弓，越是弯曲蓄发的力量就会越强大。当然，若是弯过头了这把弓难免会折断，跪也要跪得恰倒好处。韩信受胯下之辱，周瑜三顾茅庐，都是对跪的变相诠释。跪着的人生是沉重的，有选择地跪着的人生是沉着的，永不下跪的人生是入木三分的，尽管有时它的代价是支离破碎。

跪是一个弯曲的过程，它不是倒下和毁灭，它是人生的一门艺术。

那些被分割的记忆

两　日

那一天空气很好，天很蓝，云很白，风里有甜甜的花香味。

米豆去看妞妞，妞妞是米豆最好的朋友。

妞妞住的地方是一个古老的小镇，青砖黛瓦，绿水白墙，宁静淡泊，美丽而又忧伤。

妞妞是一个水晶一样的女孩子，粉颊黑眸，清澈易碎，妞妞爱一个不可能的男人，悲伤但是执著。

米豆去一趟妞妞的小镇不容易，要逃课，要乘很远很远的公交车，走好多好多路。

妞妞一直在哭泣。米豆打电话给妞妞，妞妞哭到流鼻血。

妞妞从来没有叫米豆去看她。妞妞知道路难走。

米豆有一天做梦，梦到妞妞神情憔悴，脸色苍白，在破旧的草棚里沉沉地睡。米豆舍不得妞妞,米豆和妞妞抱在一起伤心地哭。

第二天，米豆决定去看妞妞。

米豆给妞妞买了一只小白兔，放在蓝色的小方格笼子里。

米豆带着小白兔乘了很远很远的公交车，走了好多好多路。

米豆终于到了妞妞的小镇。

米豆看到兴高采烈的妞妞，剪了短短的碎发，眼睛水汪汪的，又柔又亮。妞妞还是那么漂亮。

米豆对妞妞说，妞妞，你还是那么漂亮。

妞妞抱着米豆，在米豆的脸颊上亲了一下。

米豆也抱妞妞，在妞妞的脸颊上亲了一下。

米豆和妞妞都感觉很快乐。

妞妞手里提了一小袋水果，里面是几枚橄榄大的香梨，还有红扑扑的大苹果。

妞妞领米豆去她小小的宿舍。

她们穿过高大大的香樟树，穿过古铜色的老街，穿过一条又一条的小河。

妞妞一直把小白兔抱在怀里。

晚上她们去吃妞妞最爱的蒸饺。小小的一家店，冒着暖暖的热气，老板娘把桌子擦得干干净净。

米豆给妞妞看男朋友的照片，妞妞快乐得不行。

蒸饺上了，茶色的小蒸笼里一只只小蒸饺白白净净香喷喷亮晶晶，米米和妞妞都舍不得吃。但是后来她们还是吃了很多很多，甚至还想带几个给小白兔吃。

吃饱后，她们依偎着去散步。

夜晚的小镇漆黑甜蜜，米豆和妞妞的白球鞋在石板条上啪嗒啪嗒地响，远远的木格子窗里透出鹅黄的光。

米豆在一个糖炒栗子的小铺子里买了妞妞爱吃的栗子。

妞妞爱吃的，米豆也爱吃。

米豆爱吃的，妞妞也爱吃。

米豆和妞妞把热热的栗子捧在手心里，感觉很开心。

她们找到一个木头秋千架坐下，秋千在一个灯火阑珊的小酒楼旁，一个清宫打扮的女孩顶着高高的贵妃帽在招揽生意，长长的流苏一直垂到她的下巴。没有客人的时候她忧伤地倚靠在木头门框上。

米豆和妞妞坐在木头秋千上，吃了一大堆的糖炒栗子，栗色的壳在脚边堆成一座小山。她们头顶上蓝色的月亮大而亮。

米豆和妞妞有着说不完的话。

夜晚的妞妞和白天不一样。

小镇的黑夜那么漫长。

第二天的早晨仍旧清新透亮。透过妞妞水湖蓝的窗帘往外看，嫩嫩的太阳像个红扑扑的鸡蛋黄。

妞妞给米豆化淡淡的妆，妞妞说，米豆，你粉红色的嘴唇真漂亮。

妞妞要带米豆去她最爱的湖心岛，那里的风景很美很动人，芦苇丛一荡又一荡，是做梦时候的感觉。

她们坐小镇免费的观光车，在金黄碧绿的香樟树里穿梭。驾驶员年纪不小，可是特别活泼，今天后车座里有两个亮晶晶的女孩子，这让他更为激动，俏皮话一箩筐又一箩筐。

米豆说，这就是世外桃源。

妞妞说，待会还要世外桃源。

米豆在三十分钟后看到了大片大片宝蓝色的湖水，白茫茫的芦苇荡迎风飘摇。

米豆和妞妞紧紧拉着手，好像一不小心有一个就会掉出梦境一样。

美好的东西都太过脆弱，有时候，一眨眼，就不见了。

米豆和妞妞都想流泪。

她们上了一条小木船，摇船的男子黝黑沉默，但是目光温和坦然。这个小镇上的人都衣着朴素，诚实善良，和米豆住着的摩登城市里的人不一样。

米豆又一次说，这里真是世外桃源。

米豆心里又想：可是，妞妞还是忧伤。

绿色的小岛一点一点扩大，浪花轻轻拍打着小木船。妞妞拿出照相机给米豆拍照。米豆摆了一个黄飞鸿的架势，把妞妞逗得哈哈大笑。

米豆和妞妞都觉得要是能永远这样就好了。

船靠了岸，米豆和妞妞先后跳上岸。她们在岸上给湖拍了一张照。

米豆这才看清楚，原来湖心岛上建着一座寺庙。

米豆和妞妞请了香烛，在佛前虔诚祷告。

米豆学妞妞叩头，妞妞纤细的手指在头快要触到跪垫的时候慢慢翻身展开，像佛殿里盛开的雪白的花朵。

米豆心里想，妞妞你以后一定会幸福的。

远处传来钟磬的声响，当——当——悠远深长。

蝴蝶的背影

格和渔本是一对相爱的恋人，到后来，一切都改变了。在故事的一开始，我只能说这些：

莫逐有缘，勿住空忍。一种平怀，泯然自尽。

——三祖僧灿

渔

我和格的相识很偶然。高中毕业后我喜欢上漫画，买了许多把自己关在房间里。有时一整夜地看，播放轻柔缥缈的科尔特音乐。我只是单纯地喜欢那些精致的画面，它们给我的想象最安全的缝隙。填志愿时我遵从母亲的意愿选了中文系，但是文字的迂回曲折有时让我感觉乏力，我喜欢直接的东西，譬如音乐，譬如美术，譬如摄影。

进大一时我在看齐藤千惠的《紫藤花恋》，很家常的情节，画面很美，男孩女孩在图书馆里相识，然后相爱，平铺直叙，手法细腻，这是我喜欢的风格。我所在的大学也有古老的图书馆，两排高高大大的法国梧桐紧贴着它，树下放置着一些木制的长椅，到秋天的时候，金黄的叶子落下来，漫画一样美丽。

我的爱情故事也是平铺直叙，和书中的有点相似。我在图书馆里遇见了格，他比我高一届，是美术系的高材生，笑容温暖，手指修长，穿着白T恤牛仔裤很清爽潇洒的样子。这样的男孩子在大学里已经不多见了，现在校园里满是头发花团锦簇、衣服稀奇古怪的男生，偶见一两个干干净净的，却是脏话连篇，他们管这叫“个性”，并且每个人都在大声漫骂大学生活的郁闷。我不喜欢这乌烟瘴气的群落，不喜欢他们所谓的标新立异，或者说，我对标新立异的理解就是不成熟。我喜欢安静细腻的人，有自己固有的性情，不受周遭的影响。从这一点出发不难解释为什么我第一次见到格就觉得很喜欢他。

我相信人与人之间拥有生物磁场。按照我的性格，无论多喜欢一样东西，都不会主动出击，哪怕后果是破碎是绝迹。因为我尊重那原本可以争取到手的东西，与其到最后失望地背离，还不如一开始就选择放弃，至少可以保存美丽。除非，这件东西，注定就是我的。在见到格后，我依然安静地插着耳机看书写字做笔记，心无旁骛的样子。格从我身边经过，带过一小阵清风，书页微微掀动，耳机里莎拉布莱曼在唱《史卡保罗市集》:

Are you going to Scarborough Fair
Parsley、sage、rosemary and thyme
Remember me the one who lives there
He once was a true love of mine
Tell her to make me a cambric shirt
Parsley sage rosemary and thyme
Whitout no seams nor needle work
Then he'll be a true love of mine

你们正要去史卡保罗市集吗
荷兰芹、鼠尾草、迷迭香还有百里香

记得代我问候住在那里的一个人
他曾是我的真情挚爱
跟他说为我缝件白亚麻衬衫
荷兰芹、鼠尾草、迷迭香还有百里香
不用缝线也没有织工
他将会是我的真情挚爱

我可以感觉到他的心跳，和微微抑制住的呼吸。我想到一个以前被我理解得很肤浅的词——吸引。这是两个人之间形成的漩涡，彼此的气息在大庭广众间交错，一时间，不知身在何处，像蝴蝶在水里展开翅膀，鱼在岸上呼吸，很美的境界，窒息的感觉，同时带有一种灾祸般的预感。

自修结束回寝室的时候，我能感觉到身后格安静的跟随，很远的距离，很耐心的步子。

第二天依然如此。

到第三天，他很快地走路，经过我身边的时候，在我手里插了一封信，我没握住，信笺飘落在月光里，很委屈地躺在地上，他停下脚步，我也停下脚步，我们在夜间川流的人群中安静地看那一枚小小的白色的影子，最后都笑起来了。

这便是格和我全部的故事。

接下来的一天我们就坐在一起看书，用纸和笔交谈，他向我推荐朱光潜和叔本华，虽然他们并不是他所喜欢的。晚上我们一起回寝室，他很礼貌地问对不起我可以拉着你的手走吗。我很地道地嫣然一笑，上前挽住了他的手臂。直到那时，我们还不知道彼此的名字。

格和我的爱情就是这样的水到渠成，没有任何波折，任何猜疑，我们都那么放心自然而又全心全意地喜欢着对方，眼睛里盛满唾手可得的幸福。我们一起打水吃饭，看学校放映厅里的老电影，在陶吧消磨周末，喝味道清淡的天堂草，攒下生活费去旅游，这些都是我们所喜欢的。

格和我在服装的品味上也惊人地相似，以至于我们用不着去买情侣装也可以穿出十分匹配的衣服来。有时候我穿一件雪白的仿罗马亚麻布长裙，脖子上系一根相同质地的蕾丝带，格也正好穿一条米色长裤，白色纯棉衬衣的筒领很斯文地围住脖子，袖口宽大飘逸，像个从童话里走下来的王子。我们都有松松垮垮的黑色大T恤和洗得发白的旧仔裤，用在心情不好的时候穿。冬天的时候我们都喜欢穿黑色的长风衣，把领子翻起来双手插在口袋臂下夹本书，走在大风里，像鱼一样穿梭。格老是说：遇见你是我的一个惊喜。

其实我又何尝不是?

格

读小学时我就开始喜欢一个女孩子，那时候是四年级，她转学过来。班主任刚把她带到门口就被人叫走了,她怯怯地站到门侧，早晨单薄的阳光在地上画出她一个淡淡的影子，修长纤细。过了一会儿，老师还是没有来，她依然窘在门边。然后，她小声地哭了，班里四十五双眼睛看着她。就在那时候，我的心很温柔地抽动了一下，虽然那时候我还不懂“由怜生爱”这个词。

她被安排到我的前座。她的头发漆黑柔软，上课时喜欢用左手托着腮帮。她的手指洁白纤细。有时候她用手指绕一圈自己的长发，一边写字一边慢慢地卷。我总觉得她像一株植物，藤须柔软，郁郁葱葱。

读初中的时候她被人强暴。在一次同学聚会后的回家途中，几个小混混把她劫持到了郊外的一片麦田里。那天晚上下了很大的雨，雷鸣、闪电，还有呼啸的麦穗。那些混蛋临走时带走了她所有的衣物。她脖子上有一圈很深的勒痕。他们怕留下任何蛛丝马迹。第二天，奄奄一息的她被进城卖菜的农民发现，他们找了一个蛇皮袋子裹住她送进了医院。有很多同学去看望她，她插着氧气管幽幽地说：谁要是进来我就去死。三个星期后的一个早晨，她从七楼家中的阳台上跳下。从此我心里有了一只永远不会褪色的蝴蝶，她在黎明单薄的阳光里翩翩起舞，长发漆黑柔软，手指洁白纤细。

我毫不迟疑地选择了渔，是因为她和她的惊人相似。但是后来我越来越发现，哪怕她面容平淡，我也会全心全意地爱她，直至老死。

渔

珠缦是个谜一样的女孩，这是我在见到她的第一眼最直接的感受。

她有一双十分漂亮的眼睛，眼瞳漆黑，长发披散，像漫画中的美少女，但是少了她这个年纪应有的清纯，说得准确点，应该是单纯。她身上一种很独特的气息，这种气息笼盖了她的一切，冰冰凉的，她像是生活在一个幽暗的玻璃泡泡里，旁人无法走近。她漆黑的眼睛从来不会专注地看一样东西,当她静默地睁着眼睛的时候，我会有这样一种感觉，似乎所有的东西都会落在她的视线里，无遮无拦，一目了然。

我在念大三的时候，珠缦刚入校，她参加了文学社，走进了我的生活。于是,我的生活,和格的生活,都发生了无可挽回的逆转。

她在我毕业前夕割腕自杀。

珠缦出事后格不见了。我知道他心里难受，他骨子里是阴郁动荡的，在这样一种情况下，他只能选择离去。我们恋爱不久时他对我说，渔，如果哪一天我不爱你了，你就狠狠地捅我一刀，我连叫都不会叫一声。真的，因为我会再捅自己一刀。

然而珠缦对我说过，这世上的任何事情都无法证明，包括爱情，包括生命。

“生命是一座恢弘华丽的城堡，轻轻一触，如灰尘般溃散。”她轻轻地念着这些匪夷所思的句子看我大衣上的扣子。她迷恋安妮宝贝萎靡颓败的文字，那些不顾一切地绽放的艳情是她所喜欢，并且投入的。安妮书写的，是珠缦的心情；安妮叙述的，是珠缦的故事。珠缦是一个生活在哀绝艳情中的女孩，无须证明，只要幻想和体验。

“渔，今天你像一片飘零的树叶，苍白安静，脉络纤细。”珠缦每天都用不同的方式来形容我，但是从来不看我的眼睛。她长久地凝视我的背影，或是侧面，我一转身，她便飞快地移开视线。我能感觉到，她的目光里除了痴迷，还有一些锋利的东西，但我不知道那是什么。

在潜意识里，我是怕她的。

珠缦的同学称她为“非人类”，除了表明界限，还有一些别的意味在里面。珠缦的同学，除了不能接受她之外，还是有一点点惧她，甚至是敬畏的。她的舍友有时会跑来告诉我珠缦的事情，她们并不是坏心眼的女孩，尽管疯得厉害，但是心思单纯。

“渔姐，昨天珠缦又在洗手间里说：我要杀掉你，我要杀掉你。你是唯一生活在她圈子里的人，可要小心一点哟。”胖胖的石头很认真地说。

“前些日子有人看见她在紫藤廊下跪，像鬼魅一样，好恐怖。”小猫作出吓人的表情。

“嘿，渔姐，你老实告诉我，我不会告诉别人的，你和珠缦，到底是不是……那个呀？”举止粗野，身穿韩装的牛牛一脸坏笑。

格也问过我这样的问题，确实，我和珠缦引起全系关注的友谊一直是大家心中的一团迷雾。其实，我又何尝不是在云里雾里？

格

有这么一句话：男人因性而爱，女人因爱而性。不知道为什么，这句话让我感到沮丧，让我觉得作为男人的肮脏。其实如果女人有这种心理好像更合情理一点，但是有时候人就是这样，是匪夷所思的。

其实珠缦和我的相识，是在我认识小渔之前。那时候，我刚读高中，而珠缦应该还是个天真无邪的小女生，但是已经亭亭玉立了。她居住的楼层，和我家刚好相对，在夜间的时候，从我的书房里可以清楚地看到他们一家四口聚在一起暖暖地吃晚饭，还有她房间里柔柔的灯光恬淡地照亮她粉蓝色的小天地。

那时候我父母已经离婚了，我跟我妈过，她是国家舞协的成员，年轻时曾是一名出色的舞蹈演员，到这把年纪还是要到处赶场，一年有大半年不在家，家对于她来说，只不过是一个符号罢了。我对我的母亲有着一种十分复杂的感情，在我小的时候，我一直坚定地认为她会是我未来的新娘，因为在我所有见过的人中，没有人比她更漂亮，更迷人，更温柔了，她是我小时候所有的骄傲与荣光。直到有一天，在我七岁那年，在我午睡醒来时睡眼迷蒙的那个夏天，在我推开她虚掩着的房门的一瞬间，我的童年结束了，对于母亲的所有依恋和爱戴，也和在那个夏天里流淌的气味复杂的汗水一样，一起蒸发掉了。

我之所以注意珠缦一家，是因为她有一个相当漂亮的姐姐，叫珠婉。在每个男人的少年时期，总是对“漂亮”这个词相当敏感，尤其是漂亮的成年女子。而珠缦的姐姐，是能够让任何一个男子为之飘摇的。她是我的美术老师，那时候我对画画已经很感兴趣，立志要进高校美院，我母亲一向是随我的，于是我便如愿成了珠婉业余在家的补习生。在每个周三的晚上和周末的下午，我都会到她家去学画。百无聊赖的时候我常把书房里的灯关了，站在窗前凝望珠缦的一家，看她漂亮的姐姐，还有她们一家的美好生活。有时候我开了台灯做作业，会看到对面粉蓝色房间的窗前有个小小的身影，不知道为什么，我会有这样一种很直接的感觉，是她在看我。

后来珠缦家出了事，她的姐姐，那个漂亮得很少见的女子自杀了。自杀，在这个城市并不稀奇，但是珠缦姐姐的死却大大振动了整个小区，因为她的死法太过惨烈。据说，她在房间里点了上好的檀香，用一种宝蓝色的丝绸缎子铺了地，然后褪去自己所有的衣裳，躺在上面，用锋利的剃须刀在赤裸的身体上划了十几刀，大多在自己那张漂亮的脸蛋上，其中最致命的是大腿根部的几刀，几乎可以看到里面白森森的骨头。奇怪的是，这么剧烈的疼痛应该是一般人很少能够承受的，可是她躺着的丝绸缎子却是很平整，鲜有褶皱。第一个发现现场的人，是放学回家的珠缦，可是她没有像一般人表现的那样尖叫起来，或是痛哭流涕，而是一直呆呆地睁大眼睛站在她姐姐的门口，动也不动，大概是因为惊吓过度，直至她父母回家，然后一片混乱，最后到她的姐姐被包起来送到医院，她还是这个样子，邻人都在感叹，这家人这么好的一双女儿，算是都毁了。

后来珠缦的父母，就再也没在那房子里住过，他们带着珠缦搬了家，有一种说法是去给小女儿做心理治疗了。有很长一段日子，我书房对面的房间一直空着，入了夜，那些黑洞洞的窗口就发出幽暗诡异的光来，从此我就一直拉了窗帘做功课。

曾经有一个阶段，我反复做着同样的一个梦，我梦见珠缦的姐姐从她房间里宝蓝色的丝绸缎子上爬起来，漆黑的长发瀑布样披下来，身上一丝不挂，但是没有一点刀痕，仍然是美艳照人的，她走到我的房间里来，我的床单是宝蓝色的丝绸缎子，她的身体散发出檀香的香气……

这个梦让我感觉恐惧和沉迷。

渔

我和珠缦的相识过程极其一般。她刚入学时，我同学有一个妹妹和她在同一个宿舍，托我照应一下，我就这样成了她们宿舍共同的姐姐。

“喂，快来认识一下我姐姐，她叫潘渔，写诗的。她是系里鼎鼎有名的大才女呀，怎么样，漂亮吧，有气质吧。”热情的小石头爱聒噪，也爱夸张。那天我穿了一件黑色的真丝连衣裙，刚洗过头发，松松地挽了一个髻，这是我喜爱的造型。石头的舍友们都围过来唧唧喳喳，我隐约感觉到另外一双眼睛的注视，还有她的黑发和纤细。

第二天晚自习回来，我的舍友给我一封纸张上乘的信，收件人上写着我的名字。

“我一开门它就掉下来了。”她见怪不怪地说。

睡觉时我打开床头的台灯展开信纸，里面是两首诗，字迹清淡潦草，像潮湿的墙面上长出的淡绿色苔藓：

为生而生（之一）

生命
油灰一样的色彩
重重地涂抹在滴血的双唇

苍蝇
飞来飞去的黑的灵魂
蜜一样在碗口黏稠涌动

有一片树叶
飘落在寂静的午后

往事裂开了
留下尘灰无影的气味

为生而生（之二）

掌心里蜷曲着现实
我无法合拢

阳光下有沙砾闪烁
一如黑夜中喘息的烟头
寂寞是风尘最有力的倾诉
像烟花一样散布在生命的角角落落
生命因短暂而变得空旷
绚烂是无可挽回的沉沦
有硫磺生疏的气味
有相爱 有别离
还有美丽支离破碎的尸体

我合拢掌心
头顶掠过虚无巨大的羽翼
他带走了我所有的往昔
生命线上渗出鲜血
一如快乐的心情

信纸背面有一行清秀柔软的小字：我很想认识你，明天晚上八点请在紫藤廊尽头等。我的脑中马上浮现出石头宿舍里那个纤细漠然的女孩，孤独的身影，漂游的眼神。凭直觉，我认为是她。

我感到好奇，所以次日的晚自习我破例放弃了，去了紫藤廊。

我没有等到那个想见我的人，或者也可以说成是我想见的人。

十点，我回到宿舍，格打来了第三个电话，“你去哪儿了。”很平静的声音，因为格对我向来放心，因为我是个很会管理自己的人，还有他。我说我去紫藤廊看星星了，今天我觉得很闷。格说你可以叫我陪你的呀。我说你过些日子就要考研了，好好看书吧。

我们随便聊了一会儿就挂了电话，我们从不在公共场合卿卿我我，我和格都是崇尚优雅的人，但是并不乏味，也不做作，即不清心寡欲，也不歇斯底里，我们都是安静地生活着的人。至少以前是这样。

对于写信人的失约我并不生气，几乎没有什么事情可以让我生气，因为我知道生气根本不能解决任何问题。我在父母天翻地覆的争吵中长大，早已习惯冷眼旁观。我对格说：“气就是用别人的过错来惩罚自己。所以，不要轻易生气，因为不值。”我神情淡漠地面对许多可以让别人跳脚撞墙的意外，所以我的好脾气在系里很有名，很多人都称赞我，说如今这个年代又温柔又能体贴人的女孩子已经很少见了。他们都说格好福气。

接下来的一天我依然井井有条地生活。六时起床，先喝一杯白水，然后带两个洗净的苹果插着耳机去紫藤廊散步。格这时候通常也在那里看书，我给他一个苹果，到七点半我们一起去吃早餐。

如果没有珠缦，这会是我们的一辈子。

格

到大学四年级，珠缦出现在小渔身边，在第一次见到她的时候，我就特别认定她就是我对楼的那个小女孩，我不知道她还认不认得我，因为时间的久远，过去的鲜血到现在只剩下少年回忆中一抹淡淡的蓝。珠缦突然直接的出现，和坚决的跟随，是我始料不及的。早晨的紫藤廊的晨读，不再是小渔和我的了，珠缦比我们来得更早，带了橙子或是柠檬，但是她只吃小渔的苹果；珠缦会在小渔午睡时的宿舍门口耐心地等一个小时，就为了能和她一起去教学区；小渔在餐厅刚吃完饭，拿了餐具去洗，就会看到珠缦已经跟在身后了；周末的时候我和小渔在陶吧的约会，变成了三个人的聚会。渐渐地，珠缦变得无处不在，几乎有小渔的地方，就有她，我和小渔的形影不离，变成了珠缦的默默相随。其实我不喜欢这样的格局，有时候觉得，两个人的世界会更好，无论怎样的组合，我和小渔，小渔和珠缦，或是，我和珠缦，都会比现在好一点。珠缦大多时间都是沉默不语，但是有一种很特别的感染力，不知道为什么，她令我不安定，不会交流，三个人在一起，她是几乎不开口的，我和小渔之间的交谈，也变成了有一搭没一搭的。游走在讪讪的空气里的，是一种很尴尬的张力，在珠缦静默的注视下，我反而会感觉心虚，和小渔天经地义的交往，也变成了一种小心翼翼的愧疚。

渔

珠缦改变了一切，她用死亡的方式获得了格的爱，这并不奇怪，因为在骨子里，格和她是同一国度的人，浮荡在非现实的世界里，用唯美和幻想装点一切。不同的是，格可以在两个世界中穿梭自如，而珠缦只选择孤注一掷的沉醉。我的理性和一贯的自律正是格所缺少的。他无处放置他的爱，所以选择逃离。逃离不是我的性格，我沉默地留下，接受各种各样的调查和盘问，还有沉重冗长的笔录，晚上死尸一般地躺在床上，疲惫无力，但是无法入睡，一闭上眼睛，珠缦的鲜血就铺天盖地，还有格跪在一侧的凝固的身影，他的眼里盛满了疼痛和怜爱，没有别的缝隙。

后来我靠安定入睡，它让我暂时摆脱对黑夜的恐惧，但随之而来的是各种各样的噩梦。有一次我梦见珠缦，她被钉在一根高高的柱子上，柱子在一片巨大的广场中央，四周是原始森林古老的藤藤蔓蔓。有水流的声音。空气湿润沉重，有许多铅色的蝴蝶在天上飞。柱子下面，有许多的青蛙，紫色的小青蛙。他们沿着粗糙的柱子爬呀爬，爬到一半时就掉下来，摔成一张绵软的皮，渗出很多的水来。恍惚间，珠缦突然变成了我，或者说我变成了珠缦，四肢缚在柱子上，却是高高在上的姿势。我漠然地望那些攀缘的青蛙，看他们像星辰一样轻盈地坠落，地上的液体像燃烧的烛火一样优美地蔓延，融化一切，吞噬一切。那些青蛙是丑陋的，然而又是美丽的，它们滑腻的皮肤是另一种水样的洁净。我感觉自己也是它们其中的一员，裸体的、易碎的、水样洁净的。

广场四周渐渐挤满了人，从上面看下来是一大片跳跃的人头，有人踩到那透明的液体就陷下去了，但是没人理他，直到他的发丝消失。格也在人群中，他沉默地行走，宽大的袍子拖过干燥的沙地，发出水流一样的声音。我大声地叫格，他漠然地抬起头，脸上是我陌生的神色。这时候，天空中飘来一只美丽的兽，我看不清它，只知道那是一只兽。但是，格出神地望着它，突然间，他用双手的食指直指太阳穴，然后……

然后……然后他的眼珠子就弹出来了……

我惊叫着坐起，大口大口地喘气，额头上冷汗淋漓。时针滑动的声音在夜间听来巨大恐怖，可以把人碾成碎片。空气冰冷，残梦的气息依然在窗前床头间游走。窗外缁黑一片，我的手伸向黑虚虚的夜，没有东西为我亮着。

格

不知道有多少天没有吃饭了，只喝加冰块的可乐，一口一口地往下灌，这让我有一种饱和的触感。那一瞬的清凉，和清凉过后麻辣辣的甜腻，是刺痛心腹的感觉。

冰块在指间迅速融化。呵，这多么像珠缦的手指，冰凉、纤细、若有若无，那样无可奈何地拂过，然后滑落。珠缦，游魂一样的珠缦。

游荡在夜间的酒吧里，白天的酒吧里，早晨无处可去，我就躺在公园的长椅里闭上眼睛。无法触及稍稍熟悉的面容，怕忆起往昔，和珠缦有一丝一缕联系的信息。那样一个飘荡的灵魂、忽闪的灵魂，那么轻柔的，易碎的珠缦。

呵，珠缦，那么幽深的目光，那么苍白的面颊和漆黑柔软的长发。

“格，”她微微地说，“你有一个阴沉动荡的灵魂。”她第一次见我就那么说，唯一的一句话，然后沉默地坐在一边，坐在我和渔的旁边，拨拉玻璃茶杯里干枯的花瓣，透明的花瓣渍在水中，唇一样柔软。

“格，你知道爱的感觉吗，你知道被爱的感觉吗，你知道破碎的感觉吗，所有的一切都是血液滴落在花瓣上的声音，轻微的撕裂纤维的呻吟，最质感的声音，没有缘由的声音……”她在夜间的紫藤廊里喃喃而语，像是说给自己听，也像是说给全世界的人听。那晚的月亮洁白美丽，紫藤廊里浓密的枝叶与花朵在清朗的月光下，像一座梦的行宫。珠缦坐在那里，头顶上是大而圆的月亮。她突然微微地笑了笑，“听我妈妈说，如果被月亮晒伤，就永远不会恢复原来的肤色，所以我一直久久地站在月光里，我想知道，被月光晒伤的人，会不会是蓝色的。”

她慢慢转过头来对着我，“但我相信血液是蓝色的。我见过，那样一种透明单纯的蓝色，令人温暖的颜色，可以一点一点小心地把你托起，那是最轻柔的舞蹈，那样美丽的颜色，那样一种轻灵的姿态……”

她说着缓缓站起，宽大的长裙在夜风中摇摆不定，宛如一只夜间的蝴蝶，疲惫地栖息在黑暗的花丛间，轻轻地扇动翅膀。她站起，又遂然跪下，面朝那轮硕大的月亮，那样迅速的下坠令我吃了一惊。她虔诚地跪在花丛里，一动不动，像一株枝须茂密的植物，在夜间绽放；也像一具来自远古的图腾，诡异神秘，捉摸不定。我也一动不动，站在那里，有些痴迷，有些恐惧。

那时候晚自修已经结束，紫藤廊里开始有三三两两游荡的学生，珠缦依旧跪在那里，丝毫未觉。我上去搀了她一把，示意让她回寝室休息，她依然不动，冰凉的手臂充满了拒绝。我在她身边徘徊了一会儿，最终抵不过纷纷投来的好奇的、猜测的、探究的、嘲弄的目光，回寝室去了。

“你相信吗，血液是蓝色的。”

我离去时，隐隐听到后面飘来珠缦的声音，那样细微，也许不过是一种幻觉。我停顿了一下，还是走了。

那夜我望着窗外的月亮，一夜无眠。

最后一次见到珠缦是在她的寝室里，她的鲜血刺痛了我的眼睛。

“格，我爱你”，她逐渐失去血色的脸庞开始黯淡，但是眼眸却闪闪发亮，“渔，我也爱你，但是对不起你。”她转过头来对渔说。渔在哭泣着报警，颤抖的手指根本无法拨通110。我安静地看着血泊中的珠缦，一动不动，感觉到自己逐渐的凝固和越来越苍白的珠缦无法抵挡的美丽。我终于看到，正如珠缦所说的那样，血液是单纯透明的蓝色，那样安静地荡漾着的温暖，她从珠缦洁白纤细的手腕流淌开来，将她缓缓地包围、托起，那样的美丽。

我轻轻握住珠缦冰凉的手指，我是那么想握住她，永远地握住她，像珍爱指间一枚湿润细小的花瓣。但是我真切地感觉到她的远去，像水一样淌过我的手指，流下干燥的痕迹，然后无影无踪地消失。十年前的那只蝴蝶风一般在天空掠过。我突然间落下泪来，感觉不到痛楚，全身心只有一种令人发疯的空旷，好像我的身体，我的呼吸，我的血液全都消失不见了，只剩下我的手，那样无助地、徒劳地握着珠缦没有温度的手，眼泪滴落在血液里，雪花一样绽放，发出破碎的声音。

渔

我是在珠缦出事的那个夏天毕业的，那个有着苍白太阳的夏天，出人意料的凉。我几近全优的课业成绩在最后一次毕业考试中划上了一个残破的句号，论文答辩也是导师看在我以往的表现上勉强过关。我没有按照原来的计划继续读研，而是随便进了一家小报做编辑，我负责的是社会新闻版。很少女孩愿意做这项工作，钱不是太多，时间也不稳定，忙起来时常要加班到次日凌晨，用主编的话来说，能活到五十岁，就是赚了。可是我无所谓，与其在出租房里躺在床上瞪着天花板看，还不如在电脑的辐射光下写些枯燥无趣的文字来得温暖些。

孤独是暗夜中一次漫长的漂流，没有归期，也没有尽头。

那日，我照例在深夜慢吞吞地做完一天的工作，一个人在黑漆漆街头散步，穿一件水蓝色的防雨衣，衣肘上皱巴巴的，头发很乱，白色的球鞋上沾满了灰尘。平日里对我很熟悉的人如果看到我这副模样，肯定会吓一跳。我自小怕黑，但是像如今这样完全被暗夜包围，却也无所谓。初秋的夜是冰凉的，风里裹着支离破碎的落叶，在颓废的黑色里沉沉浮浮，也是失魂落魄的。我在这个城市各条空荡荡的街道里不知道走了多久，最后竟然到了大学附近那个我和格常去的陶吧。很久没有来，已是物非人非，走来走去的，包括服务生，全是陌生的面孔。桌布和窗帘换成了难看的苏格兰格子布，也不是活泼的红黑白相间，而是颓废的苔藓绿配陈旧的土黄，趴在那里，死气沉沉，边缘上还有烧焦的香烟洞的痕迹，似黯淡的灯光下生生睁着的眼，也是使人森然起腻的。我拣了个最角落的位子坐，点了一杯这里最便宜的招牌咖啡，服务生的笑容很温暖，很模糊的一瞬，格的影子一闪而过，我偏过头去看窗外。

窗外是无边的夜色。

也不知道坐了多久，后来又叫了啤酒，然后是红酒，去了几次洗手间，一直吐到胃里空空如也，这时候，人就变得很轻松，也很恍惚。最后我疲惫地回到座位上，喝冰水。我感觉到胃部绵绵不绝的疼痛。有个男人坐到我身边，递给我一支烟，我头也没抬接了，看到一只手殷勤地给我点烟，这只手似乎不年轻了，但是干净修长。我使劲吸了一口烟，辛辣的气味让我迅速流下眼泪，眼前是雾似的一片，一个混沌沉迷的梦。

格

小渔说的是对的，我骨子里是一个完全沉醉于内心的人，我的世界漂浮在空中，一旦失去重心，便随处飘摇，没有逻辑，也没有依靠。我只是单纯地想制造一种发泄，我在外面游荡，有时想到渔，我感觉她离我很遥远。

有很长时间我一直把自己关在画室里作画，在深夜的时候去电影院，一遍又一遍地看同一场电影。有一次我看到一部电影，里面有渔喜欢的一个演员，流动的漫不经心的格调，微微眩晕的场景。

男孩问女孩："为什么不能嫁我？"

女孩说："这世上有很多种不可能。就像今晚不可能下雨，就像那个奔跑着的人不可能追上公共汽车。"

她挂了电话沉沉睡去，半夜时被水滴的声音吵醒。她看见墙上两扇透明的窗户，一扇映着大而圆的月亮，另一扇挂着持续的水滴。她撑一把透明的伞走到屋外，水滴落在光滑的伞面上，发出很大的声音。然后雨停了,屋顶上的男孩放下手中的水壶奔跑着下楼,他站到女孩面前。女孩静然。然后她说:“下雨了。”

男孩说:“下雨了。抱抱我好吗?”

女孩吻了他，他们拥抱在一起。

在那一刻我突然非常想念渔。我很想把她抱在怀里，她让我感觉温暖。可是我一想到小渔，珠缦的鲜血就铺天盖地，这是我倾尽一生都无法还清的孽债，她的死是永远令我们无法呼吸的阴影，渔和我爱得有多深，这阴影就有多重，以前我一直嘲笑哈姆雷特的狭隘唯一，他拥有许多人所无法拥有的东西，到最后却只能用生存或是死亡来决定一切。而现在，我终于明白，在生活中起决定作用的，往往是一些非物质的力量。

渔

我被上午的阳光刺醒，头电锯一般地疼。茫然四顾，发现自己一个人躺在陌生的旅馆里，盖着一张散发着霉湿味的床单，肮脏的地板上散乱地扔着我的衣服,布包里的钱包和手机都不见了踪影。

我办了离职手续，这个城市彻底让我无法呼吸。

我去了 S 市。

三个月后我得知自己怀孕了。

那个冬天异常寒冷。

最后我生下了那个孩子。

每到秋天我都会头疼，但是我的孩子很乖，她给我温暖。

生活是漫长遥远的。

有一年秋天我母亲去世，我回到自己的家。

我的房间里放着一个还未拆封的包裹，蒙着厚厚的灰尘。

那是珠缦出事前寄给我的日记。

我把它们都烧了。

格以前喜欢的美术老师是个同性恋，伴侣是她的妹妹，爱她胜过一切。

我永远也不会让格知道他原来一直扮演着被别人所痛恨的情敌角色，也不会让他知道这个女孩为了她的爱，亲手毁了她的姐姐，后来又毁了自己。

我知道格一直在找我。

这世上有天堂，但是没有通往天堂的路。

写于 2000 年

水龙吟

一

蜗居在家，无聊之极时我就朗读各种各样的东西，中文的或是英文的，乱七八糟的和不乱七八糟的，或是有点儿乱七八糟的。我大声念着奥尔布莱特的政坛动向，宫雪花的三姑六婆，海子的出人意料和布莱克的圣穆空灵。时间，就这么一个字一个字地消失在空气里；日子，就这么一页一页地翻过去了。

我读着韩寒透明的文字和龙应台的快人快语，有时大笑得不能自持；我嚼着疯狂英语久久不能入睡，不知道 fairwell 和 song long 的区别在哪里；我把墨汁涂在许久不见阳光而苍白的脸上，吃一口盛夏的西瓜，把籽吐在泛黄的方格纸上。林棣在我家停电时来电话，说她喜欢的一个男孩子老是对她不理不睬，她不知道是要向他表白还是静观其变。我说现在是学习的大好时光，你有美好的前程有灿烂的明天，千万不要一时鬼迷心窍心血来潮爱心泛滥，把生命浪费在无所谓的事情上……她没有等我说完就挂了电话。

正中我下怀。

天真热。我坚信那时玻璃窗上可以煎熟鸡蛋。我真想用大马路上融化的柏油涂抹被烤得松软焦脆的水泥房，再夹上几根火热滚烫的电线杆，去堵住太阳那张臭烘烘的大嘴。

我悲哀地站在屋里，心想今天是必死无疑了，虽寄希望于发电厂，但胡晓梦的一席话又把我击得粉碎：

希望是什么？是娼妓
她对谁都蛊惑
将一切都献出
等你牺牲了极多的宝贝——她就弃掉你！
可怕呀可怕！
我不禁收缩身体艰难崎岖地成长
但我准备着 因为我知道

我就要出发和奥丁去死

空气中充满了干燥的檀木的味道，我体味着那些莫名其妙的话，在房间里慢慢地走动。一点即燃的气流开始向四周涌动，我甚至可以看到它们旋转的波纹在木质护壁板上弹出的微弱的火花。

大约两个小时后林棣又来了一个电话，尖锐的铃声足以引爆周围的滚滚热浪。林棣欢快地说她刚才心情很不好，说的话不像话，所以早早挂了电话，对不起呀对不起哟真是对不起。我有气无力地说我家搬进了微波炉，我被烤成了铁板匹萨，所以馅料丰富，和以前的清汤寡水大不相同，惹得你水土不服大倒胃口，再见拜拜。

我挂了电话就沉沉睡去，醒来后感到头晕目眩直冒冷汗。老爸老妈回来后把我送进了医院，那个胖胖的医生说我得了病毒性感冒挺严重的应该住院。

二

我的床号是302，两旁床位都是老太太。靠右的那位身形枯槁眼睛却深而亮，她在入夜时总会低低哭泣，哀叹自己活不长。靠左的那位据说是食道癌晚期，一声不吭躺在床上死尸一般。她有一个很孝顺的女儿，不时地用消毒棉签蘸了葡萄糖液润一润老太干裂的嘴唇，然后坐在一边发呆。

每天我都百无聊赖地插着耳机挂水吃药睡觉，王菲的《开到荼蘼》都快被我听烂了：

每一只蚂蚁
都有眼睛鼻子
她美不美丽
偏差没有一毫米
每一个人
伤心了就哭饿了就要吃
相差不过天地
有何刺激
有太多太多魔力
太少道理
太多太多游戏
只是为了好奇
还有什么
值得歇斯底里……

我看看骷髅一般爱哭的右老太，又看看饿了不能吃的左老太，想到了我那好脾气的却没过上几天好日子的外婆，想到一棍子打死儿子的邻家伯伯，想到痴情的傻林棣，想到不具备太多情感的自己，心里充满了一种空旷的迷茫。

三

出院后我开始失眠。每天晚上躺下后总觉得身边仍坐卧着那两个可怜的老太太。黑暗中，右老太那压抑着的嘶哑的哭声鬼魅一般纠缠着我，也不知道她现在是如她所愿那般活着，还是已经死去。我想象自己和她们一样衰老时的情形，那时卧床已不能行走，颧骨突着嘴巴瘪着每天靠稀饭葡萄糖之类乏味的东西过活。如果幸运的话我的儿孙们会来看看我，带一些苹果罐头之类的只能看不能吃的东西来孝敬我。要是运气不好的话他们会在地球的另一边巴巴地等我死然后热热闹闹地瓜分我为数不多的遗产。

每天清晨当第一缕阳光亲吻我的苍苍白发时，我就开始怀念我童年时珍爱的一颗玻璃纽扣，一枚未吃到口里的梅子，或是当年父亲的一顿板子；当正午的蝉鸣让我那颗日渐衰竭的心产生第一阵悸动的时候，我也许会想到我的丈夫，想到那段我们并肩走过的日子，想到我们的孩子，她（他）的第一声啼哭和她（他）吮吸奶嘴的样子，她（他）绽放的第一个微笑，摔的第一跤，第一张满分的卷子，第一次离家出走，和第一次婚礼；到黄昏，床前窗边的梧桐开始掉下第一张落叶的时候，我会想念我的父母，我的外祖父母和我的曾祖父母。我在把自己一生中的每一个阶段，每一次变动，每一次失败和每一次欣慰都与他们细细地作比较，也许我会发现，人类的足迹是周而复始的，只不过行走时所穿的鞋子不同。人们穿着各种各样的鞋子跑啊，跑啊，把别人挤垮，把自己累得够呛，然后他爬上山顶了，却发现那儿寸草不生满目荒凉，没有同伴，没有家人，没有关怀，而唯一的亲人，就在山脚下等他，在那青草萋萋，蜂飞蝶舞的地方；当我这个枯槁的老太婆的床被夜晚群星照耀时，我会安详地躺在那儿，带着不再美丽的微笑，怀念或青涩或甜蜜的初恋，我的第一朵玫瑰，流的第一滴泪和最后一句关闭青春的话。我会怀着无限的感激来数点我这一生的平平仄仄和无数无法判断的是是非非，我会心存感激地祝福每一个人，我的朋友，我的冤家……

有一天我在床上被那两个假想出来的老太太折磨得快要发狂，就贼一样偷偷跑出去溜达。我走在屋后一条窄窄的水泥路上，旁边栽着稀稀拉拉两排香水花。那天的夜晚亮得出奇，就像刚果土著黑人白森森的牙齿,反射着撩人的光。我垂着手故作优雅地迤逦而行，想象着“孔雀东南飞，五里一徘徊”的凄楚婉人，想象着《荷塘月色》的清幽雅致,当我陶醉到“就像远处高楼上那缥缈的歌声似的”时，前方赫然迥立一驼背老头。月光在他多皱的脸上的投影清晰而诡异，就像一条蠕动的蜥蜴。他拿一把裂成几瓣的蒲扇，像一只硕大的手掌，在一览无余的月光下形成了一副恐怖的画面。

他朝我看了半天，然后说：“喂，你，要不要进来看会电视？”

我返身急急地走，继而又跑起来，长长的头发在缁色的风里嗞嗞地响，更增加了我恐惧的感觉，就好像那个老头化成了一个巨掌老妖精，在我后面穷追不舍。

我没命地跑着，一种阴森森的感觉麻麻地遍布心头。

我相信小时候发生的点滴会波及到一个人的一生。

上幼稚园的时候，我是班里最小的孩子，因为我的姑姑是园里的老师，她既是我的老师，又是我的保姆。

照顾我应该是一件很麻烦的事，我从不会乖乖地吃一顿饭或是老老实实地走完一条路。那时候我爷爷管我叫“神仙”，因为我从来不愿吃饭，奶奶叫我“妖精”，因为我迷恋电视，一天到晚站着坐着躺着睡着看，是名副其实的“电视精”。

有一天，姑姑领着具有神仙的食量和妖精体魄的我走在回家的路上，我的磨蹭使她很不耐烦。忽然，她眼前一亮，因为她看见了一个人，由此触发了她杜撰阴谋诡计的灵感。

她怀着一种难以名状的喜悦，俯下身来温柔地对我说：“米米，你看到前面那位老爷爷了吗？”

我天真无邪地点了点头。

她又用一种在那个时候的我听来是很神秘的语调对我说：“那位老爷爷其实是一个仙人呀，他每天早晚都守在这条路上和上学的孩子赛跑，谁跑得慢他就会抓住谁，然后在他（她）屁股上装一条猴子尾巴。当然，因为他是仙人，所以很多时候，你是看不到他的。”

我马上接受了这个蹩脚透顶的故事，很努力地跑了起来，终于超过了那位“仙人”。在我转学前的那两年里，每天早晚我都在和一个根本不存在的仙人赛跑，每次我都认真地跌跌撞撞地跑着，恐惧把小小的心涨大了好几倍，因为我害怕拥有一条丑陋的猴子尾巴。

那位可怜的被我姑姑信手点中的“仙人”是附近一位常见面的老爷爷，沉默而又善良。但自从那天以后我从来没有叫过他，见到他总是远远地绕开，直至几年后他患病死去。他死也不会想到，自己竟会莫名其妙地成为一个孩子幼小的心灵上一层挥之不去的阴影。

四

每次我都用悼念的心情阅读以前的毕业合影，凝视我那精彩的小学、阴涩的中学和苍白的现在，阴涩是一段美丽的心情，而苍白，许是趋于平和。

罗来电阴郁地说：“他妈的大学里真是乌烟瘴气，看不惯那帮奇装异服哇哇怪叫的家伙口是心非无理取闹在自家兄弟身上刨钱像狗一样地生活……”

我嘿嘿笑了笑说：“如今像你这样出淤泥而不染的家伙就像巴拿马的大熊猫，稀罕得让人吃惊。我现在算是明白了，活着说难也不难，清高什么呢，死皮赖脸也好，故作深沉也好，假仁假义也好，行尸走肉也好，毕竟，这世上多的是错位和纠缠不清。有时候过于执著换来的却是伤痕累累，你太把生活看得像回事儿了。像只受伤的骆驼，向往清凉却无处可藏，因为你负荷太重，因为你迷恋于寥无人烟的沙漠又怕被太阳烘烤。沙漠宏伟壮丽美得让你心碎但是沙漠里没有水。你想做只渴死的骆驼还是丰衣足食的胡狼？”

罗在电话那头连呼吸声也听不见，沉默得像只羔羊。

罗说：“米米你变了，变得好快。”

我说：“不是我变得快而是你压根儿没变。”

罗说：“米米你错了，从一开始就错了。我是一只在城市里流浪已久的胡狼，在没有月亮的夜晚嚎叫着怀念往昔的大漠风沙。我想在城市的边缘邂逅最后一支濒临灭绝的驼队，但是……”

我说：“罗你少装深沉你做不了一只成功的胡狼。”

罗揶揄地笑了笑说：“你也做不像一只成功的骆驼。”

整个假期我都无聊透顶地活着，像一条穴居在洞里的响尾蛇。寂寞像野草一样在心里疯长，脑子有许多稀奇古怪的念头在发芽。罗来电话说：“天哪 S 大学有位女生被杀，眼珠子还被残忍地掏出来真他妈的恶心啊。”我说：“哇是什么时候的事真是刺激我能去看看吗。”然后我就知道我无聊到了什么程度再不出去走走恐怕要把死尸搬回家来解闷。我不禁联想到两年前的一个下午，我在上方山竹林里见到了一具支离破碎的骸骨，我仔细端详她伤痕累累的天灵盖和腿骨，凝视她两个空旷的眼窝和消瘦的肋骨。我深刻地知道在几十年前，或是几百年前，她也曾像我一样健康地成长，有漂亮的头发和红扑扑的脸颊。她的微笑如三月的和风一般湿润而甜蜜悠长，她的唇像初乳的太阳般鲜洁光亮。她也许曾在一个风清月朗的夜晚为她思慕的人儿唱过古老的情歌，她也许曾在一个大雨倾盆的黄昏留着泪剪碎亲手绣制的香囊……如今，她孤独地躺在这静谧的林中，在竹子拔节的声音和泥土沉重的呼吸中消磨着永恒的时光。化尘也好，为土也罢，死亡本就是生存的永远。三生石上飘荡着无数生灵幽缈的歌声，那是一种圣洁的诵唱，宛如亿万朵百合迎风生长。了却尘缘，脱离了肉身，单纯的灵魂轻盈而洁净，也许，她在落叶纷飞和夕阳如血中是快乐的，尽管千年后有一个无知的我在她身旁为她叹息，为她黯然神伤。

下山的路上周遭是黑压压的人群，我望着那一张张忧郁的、浮躁的、匆忙的或是惊惶的脸，心里重复着一个偶尔看来的佛经故事：

> 梵志拿了两株花要供佛。
>
> 佛曰：放下。
>
> 梵志放下手中的花。
>
> 佛更曰：放下。
>
> 梵志说：两手皆空，更放下什么。
>
> 佛曰：你应当放下外六尘，内六根，中六识，一时舍却。到了没有可以舍却的境界，也就是你免去生死之别的境界。

五

窗前的梧桐开始拼命落叶蚂蚁出洞知了不再叫了我该收拾行李上学了。我怀着伸头一刀缩头也是一刀的坦然知道我在宿舍里永远是一个令人发指的缺少生活细胞的马大哈。每天舍友们都会甜蜜地提醒我：“米米你又拿错刷牙杯了。”“啊呀米米先别下楼做早操你还穿着拖鞋呢。”“米米洗完澡别忘了拿盆。”……无论在哪里我都是一个被关怀的角色，就像一个缺胳膊断腿的乞丐会得到更多的怜悯和施舍。我在其乐融融的第二个家庭里快乐地生长着，简直忘了千里之外还有生我养我给我钞票花的老爸老妈。罗说过："其实每个人生来都是自私鬼，那些孝子贤孙只不过是会做表面文章。"我不知道这些话是真是假，只知道受挫时孤独时走投无路时我会特别特别想家。我有一个奇特的老妈，看到我面黄肌瘦像根豆芽就痛苦不堪，我颠三倒四的生活规律总令她寝食难安。她总是不顾一切地用尽手段把一些她认为是很有营养的食物来填我喂我像菩萨一样供奉我。她每天做着我不感兴趣的荷包蛋，说："米米，吃呀，荷包蛋是世界上最最好吃的东西。"她买来我嗅都不愿嗅的黄鳝，并且一遍又一遍不厌其烦地劝食："米米，吃呀，黄鳝是世界上最最好吃的东西。"她不许我喝可乐，说里面有黑色素；她要求我吃大量的苋菜说这个比红桃 K 还要补血……在家里我总是当着她的面说"妈我讨厌你你真让人受不了。"但每一次在夜深人静的床头我抱着枕头辗转难眠时，我才明白妈妈的那些举动是如此如此的令我刻骨铭心我是那么那么的爱她。

不知什么时候大家都迷上了跳舞，放学后使劲蹦啊跳啊像一只只落水的老鼠，而我是唯一一只留在岸上的，干燥的米老鼠。每天我都蹲在我小小的窝里为跳舞的老鼠们播放节奏强烈的《Butterfly》，把我本来就脆弱的共鸣腔震撼得一塌糊涂。林棣忘我地摇摆着说："米米米米我爱你，就像老鼠爱大米。"林棣有着草本科植物的特性：清新，柔软，蓬勃向上，然后飞快地凋零。很多时候她都兴高采烈像五月和谐的天空，但是有时又沉默着犹如空山上一株捉摸不定的行走的龙舌兰。林棣在一次酒醉后搂着我说："米米这世上只有你一个人懂我"，我说："我不懂你也不懂自己只不过是比较有耐心听你讲废话然后一声不吭呆若木鸡。你不要把我看得那么高尚那么随和那么深不可测，也不要把这个世界想象得太神秘太美丽这样受伤的只会是你自己……"正当我滔滔不绝百感交集时，发现林棣已经睡得死去活来像只休眠的火鸡，不知为什么突然间我大受感动，一种奇妙的温柔遍布心头。

希腊人把“爱”分成三大类：一曰天伦之爱。一曰夫妻之爱，包括兄弟姐妹之爱。一曰朋友之爱，延伸到对智慧，对正义的热情和对其它动物，其它事物的喜悦。林棣像老鼠一样地爱我我也像大米一样地回报她，我们好得就像扭在一块儿的麻花。

六

不知为什么我总能从林棣身上窥出一点罗的影子来。确实，她和罗很相像：爱幻想，爱浪漫，爱走极端。用心理学语言来说就是：抽象而随机的思维者。对他们而言，真正的世界是感觉和情绪的世界。林棣和罗总是跟着感觉走的，善良，但是莽撞；十二分的乐天，有时候又消沉得想自杀。他们敏感，善于思考，对很多事情都满不在乎，却会为一些生活中的细枝末节耿耿于怀。他们始终被情绪左右着，像一盏盛满水的玻璃杯，清澈而易碎，只要轻轻一晃荡，就会溢出许多故事，许多意外。他们是伊甸园中最天真的一族，也是最深沉的一族。

林棣爱在清晨早锻炼的铃声大作时从被窝里伸出乱蓬蓬的脑袋，幽怨地哼一声：“啊，这就是人生。”然后继续睡觉。罗也爱说人生，每每激动或是心血来潮时他都会平地惊雷般一拍大腿，吼道：“人生真他妈的酸。”引得周围的人都吃吃地笑他神经。林棣爱唱歌罗吉他不错，林棣颇有姿色罗也长得不算困难，林棣健谈罗爱聊天啊呀他俩真是天生的一对。这个念头一旦在我脑中闪现便像苍蝇钻进了灭蚊器，再也挥之不去。

然后我染上了三姑六婆的习性，整日喋喋不休在林棣面前将罗捧上了天，最后她断定我是爱上罗了。然后我又在电话里向罗使劲罗列林棣的种种好处，把我那张可怜的电话卡折腾得一个子儿都不剩。

罗在电话那头始终保持着沉默，只偶尔轻轻地笑一下，绅士得让人肉麻。罗最后说谢谢，我莫名其妙地挂了电话，心里反复地装卸着这两个字，倒过来，还念谢谢。我都快凋谢了。有一种讨厌透顶的百无聊赖，记忆散成一盘沙，滚落在书桌前，扫帚旁，风铃下。宿舍里有一股很浓重的方便面的味道，小猫和石头吃完了康师傅面霸在水房里叮叮当当地洗盆，水龙头开得很大，“哗哗——”

外面下着雨，而且又停电了。屋子里昏暗，有些许凉意，是沉重压抑的。久不见晴的天空单薄而又乏味，我坐在黧黑的床前，看窗外那一堵斑驳的墙，心里爬满了潮湿的苔藓。

林棣在怪模怪样地唱林清玄的《蜘蛛》，我把窗外的雨想象成了一张巨大的网，一时间，心弦细得像要断掉。喜欢下雨的日子，这让我感觉从容安定，有带点神秘的懵懂。我喜欢雨滴在空气中穿梭的奔腾景象，喜欢水珠滑过干燥墙壁的烟波万状，喜欢他们在水中溅起的沉重而又坚决的脆响。雨在我手中蜿蜒，缠绕，再一路缓缓滴下，每一滴冰凉的水滴都是一刹那的心的颤动。我感觉他们在我身旁滑落的心情，就像归家的人在故土看到心爱的庄园已经不复往昔。

七

简祯说过：寂寞是一只蚊子。

它们在有人或是无人的角落里缠你绕你和你厮磨到底，直到它饱胀透明的肚子里装满你亮晶晶的血液，像一枚漂亮的红豆。

我透过碧绿的蚊帐看那些飞来飞去的寂寞，听它们在空中不满地哼哼唧唧，我和寂寞隔着一层纱，但它们还是钻进来了。于是我举起罗送给我的那本相册使劲拍打。寂寞总是神出鬼没，有时还快活地狠叫上几声，像在挑衅，又像在羞怯地呻吟，我在床上坐成一尊石像，任寂寞在身边飞舞盘旋，罗在相册里明朗地笑。

“砰”的一声巨响，寂寞在床单和相册间死掉了，没有蓓蕾，只有一具瘦小干瘪的尸体，和罗脸上一颗来历不明的痣。我愉快地笑了笑。

寂寞终于就被我干掉了。

然后我仔细地擦拭那颗痣。

林棣在下铺舔着棒棒糖看杂志，她最近爱上了珍宝珠，并非因为糖的滋味，而是她喜欢自己在别人面前吮吸的样子，这让她看上去充满童稚，可爱之极。

我干掉了寂寞开始睡觉。最近我老是做一些离奇的梦，然后用一天来回味。有一阵子我一直梦见罗，梦见他在一个阴暗的水磨房里，有巨大的木头水转轮，到处都是水滴的声音。罗在我的梦里已经很老了，脸上的皱纹很深，还瘸着一条腿，他慢慢地转过脸来看我，用的是蒙太奇的手法，但是一点都不美，醒来后心里沉沉的，很闷。

林棣也做梦，古怪的梦。有一次她把她的梦说给我听了，然后我说：“你一生中将会有三次婚姻。”于是她就开始迷信我了，每天早上都迫不及待地找我解梦。

“米米，如果哪一天你失业了可以靠这个赚钱耶！”她含着棒棒糖大声说。

我朝她咧嘴一笑，不作言语，最近我还爱上了沉默，这会让人觉得你神秘，深不可测，每次解到漏洞百出时我就以沉默告终。林棣有一个梦是这样的，她讲述的时候把每一个场景都形容得很美丽：

有一个遥远的国度。那儿的人都穿古罗马时代的宽大衣袍，种大片大片的玉黍地。因为是梦境，所以这个国家笼罩着一层薄薄的、富有淡淡光晕的古铜色。他们的建筑是幽深而又宏伟的，就像包罗万象的黑夜；他们的天空是广阔并且可触摸的，就像倒扣在头顶的海洋。有一天中午，玉黍地上方的海洋澎湃着（这说明天气很好），我们的女主人公——也就是林棣，出现了。因为是梦境，所以她可以非常非常美丽，美到令人肃然起敬。美丽的林棣穿一件飘飘的宽大的白色丝袍，这让她看上去愈发清丽脱俗。林棣一出场就晕倒在玉黍地里。她手腕上有一串蓝色的珠链，额前一根精美的绣花丝带，倒在金黄蓬松的玉黍地里，像一条受伤的美人鱼。美丽的少女倒地，自然会引来无数人围观。林棣在蓝天白云下，像圣女一样安详。这时，故事的男主人公——这个国家的君主，出现了。他年纪一大把，却依然俊朗挺拔，双目清亮而又深不见底，仿佛蕴藏着全世界的悲哀和秘密。他深受人们的景仰和爱戴。这个国王拨开人群，将林棣救起，安置在他深广富丽的宫殿里。第二天，林棣在一个阳光灿烂的早晨醒来，发现国王正坐在床头默默地端详她，眼中充满柔情。于是一场交错时光的爱恋，就这样开始了……

“然后呢？”我问。

“然后我就醒了。”林棣舔着棒棒糖说：“米米，说说这个梦代表什么？”

我说：“这个梦代表你很臭美。”

于是我成功地引发了一场恶战，场面很壮观，石头和小猫自发做了拉拉队，她们敲着锅碗瓢盆，看看谁不行了就给谁加油，最终被拉入了混战。那天晚上我们四个人都变成了纽约街头好斗的老鼠，披头散发张牙舞爪，被隔壁宿舍形容为“群魔乱舞”。后来林棣的棒棒糖在我的白T恤上成功地划出了一副抽象画，石头的一颗纽扣不知去向，小猫笑得把下巴给磕到了，以后的几天她一直托了下巴上课。林棣一度认为自己最后胜出了，因为没有人敢告诉她她那件昂贵的缎子衬衫后面豁了个大口子。

但是这一点都不会影响我们伟大的友谊。

八

故事写到这里，感觉写不下去了。每个故事都有结局，但是我的生活没有尽头，也没有意外，没有意外的故事就没有高潮，当然也没有结局。本来我想编几个故事，设计了很多方案，先罗列几个情节简单一点的：

1. 罗和林棣在我的撮合下终于恋爱了，但是我却大吃其醋，终日很郁闷。终于我在一次聚会上喝醉了酒，大声说罗我是喜欢你的我撮合你和林棣其实醉翁之意不在酒我想让你在我和林棣间作个选择结果你想都没想就和林棣好上了你他妈的混蛋。

2. 林棣没有和罗好上却搞起了师生恋，结果在一次形体课上流产了，她誓死没有说出情人是谁。她被学校开除了。最后她在我们学校附近开了个酒吧，我和已经成为我男朋友的罗经常去免费泡吧。

3. 罗在自己的大学谈了个很没有品位的女生，还把人家的肚子给搞大了，这让我和林棣感觉很气愤，然后各自恋爱。

4. 罗帮一个暗恋自己很久的女孩出头，那个女孩被别人骚扰。罗去找那个别人算账，没有控制好情绪，别人受到严重误伤。罗最后被投进了监狱，我去监狱看他，带了他喜欢吃的提子葡萄。我没有告诉他我很喜欢他。

……

经过冥思苦想后我发现这些结局都很没有意思，而且俗，恶俗，带着不可救药的颓废和迷茫，而且思想消极意识混乱，是很失败的结局，没有警世作用也没有教育意义。

最后我决定就这么结尾了，为了不是太对不起读者我就在最后安排了一首小诗，当然这首诗的作者不是我，那个人名气很大，从来不会让读者失望：

满纸荒唐言，一把辛酸泪！
都云作者痴，谁解其中味？

后来我发现我的故事没有贾宝玉林妹妹那么复杂动人，写得也没有那么好，这让我感觉很惭愧，最后我决定只用这首诗第一个逗号前的那一句，其他的都删掉。不管你喜不喜欢，这便是结局。

写于 1999 年

风景咖啡

米豆背了个大大的旅行包在街上走，近黄昏的太阳不算烈，但是很热，她感觉口渴，于是在街边的一个小便利店掏出粉红色绣花钱袋买了一瓶农夫山泉。米豆穿一件有鱼形图案的黑色无袖衫，长到膝盖的牛仔裤，细脚踝上戴一个坠着星星月亮的银链子，穿阿迪达斯的黑色沙滩鞋，露出晒成小麦色的脚趾，上面涂了蓝色的指甲油。很有光泽的头发漆黑柔软，如果仔细看看的话会发现其中有几缕被挑出来染成栗色，就像把可可倒一点在清咖啡里，再用细细的咖啡勺顺时针轻轻搅拌，杯子里就有了咖啡和黑两道颜色，这个颜色又像是在万花筒里，是交织的，又是循环的，是反复着的美，有点眩，让人发晕。米豆长长的茂盛的头发盖住了她瘦瘦的肩膀，看上去好像是和黑T恤连在一起似的，只露出令女孩子们羡慕的精致纤细的锁骨，和脖子里一枚用黑色丝线挂着的护身符。

米豆是一个挺少见的女孩，不是因为她的漂亮，漂亮得少见的女孩子倒是挺多的，但是像米豆这样特别的倒是不多见。米豆的特别也许是很多像她那般大的男孩女孩们所羡慕的，她不用上学，而且可以到处旅游，简直不可思议，是吧？

但是这就是米豆的生活。

米豆的父亲是个成功富有的商人，但又是一个失败的丈夫和父亲，他的精明在家人身上一点也没用。米豆的妈妈在几年前离婚去了温哥华，和舅舅外婆他们住在一起。米豆也是迟早要出国的，她讨厌极了父亲总是带不同的女人回家。她开始对学习变得无所谓，看一些匪夷所思的书，比如《华佗神方》，比如《周易》。她的成绩开始下滑。中考结束后米豆进了一所外语学校，但是她只热衷于绘画和长笛，逃课到附近的大学去看老电影。终于，米豆在一次重要的文化考试中交了白卷。在被父亲训斥过一次后，米豆开始拒绝去学校，她父亲一向拿她没办法，甚至有些曲意奉承的样子，到最后，也便由她去了。好在问题少女米豆有一颗天生单纯的心，没有长成阴郁的个性，她待别人总是很好，除了她父亲。在有了无拘无束的生活后，她甚至可以说是快乐的。她跟团去了丽江、成都和九寨沟，后来又独自去了一趟西安。米豆毕竟还是孩子一样的性情，一开始的狂热逐渐变成无趣，有时候在夜归的火车上因为孤单而流泪，这时候，就连她的父亲也变成可亲的了。她开始和母亲频繁联系，计划着出国的事情。米豆在电话里对妈妈说，她到了国外要好好念书，进最好的大学，再回来做比他父亲更大的生意。这是她的心里话。

这个城市，将是她寂寞旅行的最后一站。

米豆在这个不大的城市里边走个不停，因为没有目的。后来她走进一个陌生的弄堂，终于停了下来，她看到一张大大的花里胡哨的英文海报，贴在透明的玻璃墙上，上面说店里需要一名女性招待，和一名精通西餐烹饪的厨师。

“Hello，”米豆听到有人和她打招呼，是个老外，窄脸，长着大的啤酒肚，稀疏的金发上扎了一根海盗图案的发带，不招人喜欢，也不讨人厌，他身后还有一堆老外在晒太阳喝啤酒。米豆是喜欢和老外打交道的，和他们说话总是很轻松，没有什么负担，还可以练口语。米豆就和他们说起话来，说到后来米豆很随便地问我可以打工么，但是我只做几天，因为我就要离开这个城市了。老外说好啊，没问题。

"Mike, come here." 老外冲着里面喊。有个穿着橙色T恤的男孩懒洋洋地走了出来，高高的个头，有一张轮廓分明的脸，但眼睛是忧郁黯淡的，使得整个人没有什么神采。老外对米豆说从现在开始你就可以在这里做事了，有什么事情可以问Mike。米豆心想我不过开个玩笑他就让我进来啦，这个老板也太可爱了，甚至连我叫什么都没有问一下。但是她还是跟着Mike进了店，入门前她不忘看了一下招牌：scenic cafe，在大太阳下油腻腻地闪着光。

店里面有点暗，不是很大，分上下两层，走几步木头阶梯就可以到楼上，是徐克的《新龙门客栈》里面的布局，但是带了浓重的西班牙风味。故意做成旧旧的巨大的木头吧台里面摆满了各色酒水和饮料，大多是舶来品，有一种不经意的富贵气。餐厅里玻璃墙边一张粗矮的木头桌子上面斜盖了一条苔藓绿的亚麻桌布，上面摆着几盘满满的食物，小圆面包、煎饼和烤肉都是假的，没有香味，旁边放着真的洋葱大蒜和红辣椒，还有一串金黄色的玉米。

"你就把包放在这里吧。" Mike还是懒洋洋的。米豆把包塞到吧台后面已经满坑满谷的柜子里，然后看墙上的照片。有一个女人频频出现在这些照片里，有单人的，也有和很多人在派对上的合影，最多的还是和外面那个已经有点年纪的老外抱在一起，脸上是亲昵的表情。其中一张还用红笔粗粗地围了起来，下面画了两个涂得坑坑洼洼的红心，当中穿了一根丘比特的爱神之箭，红心下面分别写着两个人的名字：Helen和Robot，那个叫Helen的女人看不出年纪，挽着光滑的发髻，额头宽宽的，眼睛是长而媚的，长着狐狸一样的脸。

"你就是新来的女孩吧。" 后面传来一个沙沙甜甜的女声，米豆回头看到一个洋娃娃一样的女孩，也穿着鲜亮的橙色T恤，大概是这里的工作服，圆圆的脸，圆圆的眼睛，和额前柔软的刘海，白脸颊上长了些青春痘，是温柔听话的女学生模样，米豆一看到她就很喜欢。

“你可以叫我 Ruby，也可以叫我西西。”那个女孩子友好地说。

“那我就叫你西西吧。”米豆说。

“不早了，快去干活吧，要不然又要被 Helen 看到骂了。”Mike 仍旧是一副死气沉沉的样子。

“你不要理他，他总是这样。”西西朝 Mike 的背影俏皮地吐了吐舌头。

这时候，楼上传来踢踏踢踏的拖鞋声，西西马上住了嘴，在吧台边的水槽里抓起一个啤酒杯来刷，“是 Helen。”

米豆看到木头楼梯上先走下一个提着小摇篮的中年保姆，然后是个身材微胖的女人，挽松散的发髻，穿一件茄子紫的镂空花边亚麻衬衫，绣花牛仔七分裤，脚上一双高跟缎子拖鞋，怀里抱了一个婴孩，依旧是妩媚的长眼睛，狐狸脸上眉头微微皱着，透出不耐烦来。只有对生活不满意的人才会有这样的神色。

“没有照片上好看嘛。”米豆说。

“已经很好了，”西西一边刷杯子一边压低声音说：“她刚生完孩子才几个月呢。”

Helen 有犀利高傲的目光，走过米豆身边的时候，眼睛在她头顶上方一掠，是居高临下的姿态。米豆看到她怀里的孩子柔软细嫩，白雪一样的皮肤，眼睛是海一样的蓝色。

“啊，这个孩子真的是很可爱呢。” Helen 出去后米豆对西西说。

“她是混血儿嘛，当然漂亮喽。我趁 Helen 不在的时候央求阿姨让我抱过一回，那个孩子真是讨人喜欢，软软的，香香的。”西西又解释了一下：“我们管这里的保姆和厨房里面帮忙的女人叫阿姨，每个人都这么叫她们。”

透过窗子米豆看到 Helen 在那群老外中间坐下了，Robot 走过去亲她，阿姨把孩子接过来放在摇篮里。

“我第一次看到 Helen 的时候她就像个吉普赛女郎，头发又黑又密，长长地披下来，耳朵上吊两个大的圆耳环，比现在漂亮多了，有点风情万种。”西西又说。

“你是什么时候来这里的？”米豆问。

“我来的时候这家餐馆刚开不久，Helen 大概刚怀孕，一直不吃东西，总是和 Robot 吵架。Helen 的脾气可大了，我们这里的人都怕她。”

“那么 Mike 呢，他是和你一起来的么？”

“不是，Mike 是附近 S 大学的学生，大三，暑假刚开始的时候来打工的，已经做了快一个月了。”

“那你呢，也是来打工的大学生么？”

“我才不是呢，”西西有点害羞地笑了：“但是我住在附近。前年高考落榜，分数差太多，又不想进技校卫校瞎混，所以就决定自学成人本科自考，前不久刚把十三科目全部考完，大概不久就可以进行论文答辩，然后拿到毕业证书了。”

“真的很了不起，才一年多时间本科就到手了，倒是比念正儿八经的大学快许多呢，又省钱。其实本科自考也是不容易的，证书也很过硬啊。”米豆由衷地赞叹说。

“哪里啦，我是成绩太差才迫不得已自考的，我理科实在是糟糕，但是文科挺好的，所以考了中文的本科，一点都不觉得费力。”西西还是有点害羞，但是很高兴，眼睛亮亮的，侧面看上去很美丽：“接下来我还想考研，进这里的 S 大学，我总是觉得没有大学校园生活经历的人生是有缺陷的。”

“那你为什么不在家里好好看书，为考研作作准备，倒是跑来这里打工呢？”米豆对西西简直是刮目相看了。

“我总是在家里呆着也很闷的，这里就晚上忙，白天基本上没有什么事，我一般在上午十点左右来，Helen 不在的时候还可以看看书，”西西突然又换了俏皮的神情说：“其实我来这里不是为了赚钱。再说，实际上赚老外的钱比赚中国人自己的钱难多了，你不知道 Helen 和 Robot 有多抠门。我想来学学英语，这里好多老外。多和老外说说话，英语提高很快的。刚来的时候我什么都不懂，第一件事就是背菜谱，我花了一个星期才大致熟悉了各个菜名和配料，Helen 很严格的，总是挑刺，第一个月我只有拿到一百二十元块钱。一开始真的很辛苦，但是总算熬过来了，现在什么事情基本上都能应付了。”

“Helen 大概很精明的吧。”米豆觉得西西身上有很多东西很值得她好好学学。

“一开始我也这么认为，其实完全不是的，Helen 只会冲我们大呼小叫，实际上她没有什么心机的，纸老虎一只，账也做不来，老是出错。后来发现柜台上老是少钱，她也怀疑过我，但是后来偷钱的人被当场抓住了，是在这里端盘子的一个女孩，长得很漂亮，客人也喜欢她，总是可以拿到很多小费。”

“那她为什么还要偷钱呢？”米豆惊讶地瞪大了眼睛。

“谁知道呢，也许是因为吸毒吧。她手臂上有细细的针眼。有一次我去她用过的厕所，垃圾筒里面扔着一小片锡纸，水槽有吸过的烟头。”

米豆又一次瞪大了眼睛。

“从那以后 Helen 开始让我帮她做账，现在柜台上的事情差不多都是我在做。”

夜晚很快到来了，餐厅里忙碌起来。米豆对这里不熟悉，只站在西西附近刷不断更换的啤酒杯子。Helen 在这个时候体现出来了老板娘的风范，画了浓浓的妆，在各张桌子之间周旋，和客人说着纯熟的英语，介绍这里的风味菜。如果客人是本地人，她竟然还会说几句不靠谱的柔软方言，这时候她是亲和可人的，有一种骨子里透出来的风情，令米豆很惊奇。西西在柜台上收账发菜单，Mike 托着菜盘子来来回回地走，从厨房里端出一盘又一盘的薯条和三明治，还有和蔬菜条一起卷在面皮里蘸着酱吃的中国烤鸭，一点懒散的样子都没有了。有两个厨子在餐厅外面搭起了烧烤架，一个做着烧烤，还有美式煎蛋；另一个在炒浓油赤酱的中国菜，就像路边夜间的大排档一样。有很多外国小孩，其中还有几个黄种人，从餐厅里面跑出来端着盘子在旁边等。还没有发育完全的外国小姑娘精致可爱，大多有一头光泽柔亮的金色卷发，也有的是漂亮的亚麻色，只贴身穿一件小吊带衫，下面是简单的棉布短裙，雪白的光脚趿一双拖鞋，身体是柔软圆润的，有一种呼之欲出的纯真美丽。他们的胃口都很好，煎蛋是一个接一个，烤香肠也是一块接一块，忙得厨师手忙脚乱。

到十点左右，高潮过去，餐厅里面充满了洋葱和烤肉的香味。米豆早已经是饥肠辘辘，只盼着早点结束。其实她只要一走了之就行了，找一个不错的旅馆是很容易的事情。但是米豆很喜欢西西，而这个从没有过的“打工”经历也让她很新奇，她就愿意扮一回和生活中的米豆截然不同的角色，真是很有趣。

西西这时候是最忙的，在一堆纸片和账本里埋头写个不停，Mike 复又是混混沌沌的样子，低头倚在木头阶梯边，不知道在想些什么。Helen 陷在沙发里喝着红酒，不时地满腹牢骚地瞄一眼 Mike，说些鸡蛋里挑骨头的话，比如说：“Mike 你这个样子干嘛，像个死人似的，不能站站好。”Mike 似瞥非瞥地瞥了她一眼，把腰竖直了一点，Helen 又说：“Mike 你真让我恶心，看什么看。”Mike 垂了头不理她。Helen 又说：“你死人啊，就知道傻站在这里，你就不能做点什么别的事情啊。”Mike 于是懒洋洋地去收拾餐桌，Helen 扬着手里的杯子喊了一声：“Mike，去，给我倒点酒。”

Robot 和一群朋友在打牌抽烟，不时地爆发出一阵阵嬉笑声，像要把屋顶掀翻似的。Robot 挥手示意让米豆去添酒，米豆给每个人的杯子都倒得满满的。Robot 用西班牙文向米豆道谢，其他人都哄笑起来，Robot 越发得意，拉着米豆跳起了西班牙舞，酒足饭饱后，男人的粗鲁相都露出来了，雪白的皮肤变得血红，汗毛孔针眼一样大。这时候，那个在外面做烧烤的小个子厨师走到 Robot 身边说了点什么，Robot 挥挥手，小个子厨师就走到米豆跟前，说，好，下班了，我们可以走了。

西西邀米豆住她家里，米豆答应了。她们走出餐厅，刚才那个小个子厨师追了上来，说一起去吃宵夜。他们在寂静的街上走了一段路，进了一家二十四小时营业的鸭血粉丝小店，虽然是深夜了，但是生意还是很好，店里打了冷气，有许多人点了啤酒凉菜在里面热热闹闹地吃喝，大多是年轻人，有女孩子披着头发穿了露肩的黑色吊带衫和低腰裤短裤在一堆男人里面划拳猜令，输了就被捏着嘴巴灌酒，女孩子尖声叫着，把酒喷到别人的衬衣上，是凌乱不堪的热辣快活。米豆他们拣了个靠角落的位置坐了，她这才看清那个厨师虽然整日被油熏，但是有一张天生干净清爽的脸，他自我介绍说自己叫小夏，是和 Robot 、Helen 他们一起从北京过来开的餐厅，但是自己在这里没有股份，纯粹是个打工的。小夏有浓重的四川口音，说话的时候喜欢手舞足蹈地比划，是个活泼健谈的年轻人。

米豆问："那餐厅是 Robot 开的喽？"

小夏耸眉说："歇，就 Robot 也能开店？他的底细别人不知道我还能不知道？那个西班牙大流氓。"

米豆不解地瞪大了眼睛。

西西解释说："小夏以前和我说过，Robot 本来和他一样，也是厨师，平日里不务正业，只知道赌钱玩女人。后来不知道怎么就和 Helen 好上了，就到这里来开了店。"

米豆问："Robot 很有钱么？"

小夏又"歇"了一声说："Robot 是个穷困潦倒的穷光蛋，在北京的时候就一直问别人借钱用。"

米豆问："难道钱是 Helen 带来的？"

小夏说："嗯，大概是这样的吧。不过究竟是怎么回事我也不清楚。"

米豆问："这个 Helen 以前是干什么的，怎么这么有钱？"

小夏说："我听说 Helen 出生在一个高干家庭，她妈妈是北京一所知名大学的教授，Helen 从小就有着严格的家教，在她妈妈的一手调教下弹得一手好钢琴。但是她就是不知道犯了哪门子糊涂，好好的公主不当，却要跟 Robot 当破落王。看来，女人傻起来是没个底的。"

西西说："我觉得事情不会这么简单的。"

米豆说："我觉得也是，Robot 有什么好，要才没才，要貌没貌，而且又是年纪一大把了，Helen 自己条件又那么好，就这么跟了 Robot，无论从哪方面来看都说不通啊。"

小夏伸了懒腰说："所以我说嘛，女人傻起来是很可怕的，整个一个不可理喻。不过我看 Helen 也是活该，就她那个德行，跟 Robot 也不算冤枉，你没有看到她平日那个样子，好像和全世界的人都有仇一样，不就是个破老板娘么，干嘛那么凶狠。"

西西说："Helen 有时候是很过分的，可是……"

小夏插嘴道："什么有时候啊，她每天都很过分啊。把我们当旧社会的包身工看待，一点人权也不给，还要在精神上摧残我们，看什么人都不顺眼，老是骂个不停。所以你看，就西西你好脾气做的时间长一点，其他人没有一个受得了她的。我做完这个月也要跳槽了……"

米豆说："小夏你先让西西说完嘛。"

西西说："我觉得 Helen 以前可能不是这样的，也许挺好的，有时候我们在一起对账目的时候会有这样的感觉……"

小夏又道："是么？不可能，是错觉吧。她那个时候是什么样子的？"

西西说："我也说不上来，可是我总觉得原来的 Helen 不会是这么糟糕的。她一定是有过什么故事，受了什么刺激，所以才变成这个样子的。"

米豆说："唉，会不会是 Helen 以前爱一个人，但是那个人不爱她，或者做了什么对不起她的事，为了报复，想利用 Robot 刺激那个人，但是后来假戏真做，没法收场，不得已，只好就破罐子破摔，跟了 Robot 远走他乡。"

小夏拍手道："嗯，有道理，深刻！"

大家哈哈笑了起来，这时候三碗热气腾腾的鸭血粉丝也上了，大家忙了一天，已经是饥肠辘辘，都忙不迭地吃起来。这时候，米豆"呀"了一声，说把包忘在风景咖啡餐厅，自己所有的东西都在里面呢。西西说不要急，等吃完了我陪你去拿。

三人吃喝完毕，小夏又叫了一罐啤酒，两罐饮料，西西说："小夏你在这里等着，我和米豆去拿一下东西，马上就来。"

小夏喝着啤酒说了声好。但是又马上说："现在关门了，你拿我的厨房钥匙去吧，从后门进。"

米豆说："我们走的时候店里不是有人么？"

小夏说："他们那帮子人我还不了解？以前我就住在店里的，现在 Mike 住在那里看店。Robot 等伙计一走就全盘收场，然后去酒吧喝酒，一直要玩到凌晨才回来， Helen 在医院生孩子那阵子，他还带了女人回来鬼混。不过这样想想，Helen 倒也是挺可怜的。"

米豆接过钥匙，和西西往回走。皎洁的月光铺满了这个城市，还有脚下的路面，像一个清凉剔透的银色海洋。路边缓缓走过一只黑猫，朝她们喵了一声，是凄楚幽怨的，米豆和西西不觉相视笑了一下，又紧紧地挽了手向前走。

米豆说：“西西，我有一种感觉。”

西西说：“说啊。”

米豆说：“我说了你不许打我哦。”

西西说：“你说好了，不要这么神神密密的。”

米豆说：“我觉得 Mike 好像很喜欢你的。”

西西说：“……”

米豆说：“因为我发现整个晚上 Mike 一直在偷偷瞄你啊。”

米豆又说：“我这个人别的不行，但是从小观察力挺强的，而且旁门左道的书看了蛮多，你不要笑我吹牛哦。你有没有发现，Mike 和我们说过几次话，但是从来不正眼看你，即使和你说话，眼睛也是有意无意地看着别处。表面上好像挺若无其事的，其实这里有鬼哦，只有对自己中意的女孩子才会有这样的表现。而且很重要的一点，无论他站在哪个方位，脚尖总是指向你的，这一点也许他自己都没有察觉到，但是在心理学上是很能说明问题的哦。”

西西停下了脚步，看了米豆一会儿，突然“扑哧”一下笑了出来：“米豆，你还真有意思。不过，怎么说呢，也许你说的是对的吧，不过我自己也不确定。Mike 表面对谁都很冷淡，但是好像挺照顾我的，以前小夏去接老婆下夜班不和我同路的时候他都会知道，然后送我回家，也不说什么。有一次我好朋友来，不小心弄脏了裤子，我躲在洗手间里不肯出来，急得掉泪。Mike 敲了半天门，后来我只能告诉他了，他把自己的外套脱下来给我拴在腰上。当时非常的尴尬，但是也只能这样了，后来他又悄悄给我一个袋子，里面是他偷偷溜出去买的卫生巾，为了这个，他还被骂了一顿……”

米豆说：“怎么样，我火眼金睛吧。”

两人说笑了一阵就到了餐厅，月光给餐厅镀了一层银，在大而圆的月亮下 scenic cafe 几个字若隐若现，大幅的玻璃墙上银光流离，是妖娆妩媚的神秘。米豆和西西揣测 Helen 和婴儿现在都在熟睡，便安静下来，无声无息地走到后门口，屏息静气开了门，从厨房偷溜进正厅。这时候，听见有声响，两人吓得止了步，趴在桌角边。但见餐厅楼梯拐角边的大沙发边有一团晃动的人影，仔细一看是两个人，坐在沙发上的男人有反町龙史一样的发型，身形修长，不是 Mike 是谁。而另一个人就比较奇怪，趴在地上抱着 Mike 的腿，身材圆润丰满，穿着极少的衣服，两条白玉一样的胳膊和袒露的肩膀在黑暗里清晰耀眼。

"求你求你，不要离开我……"那个女人呜咽着说，俨然是 Helen 的声音。

米豆和西西在黑夜中吃惊地睁直了眼睛。

Mike 在沙发上粗声地喘气，有几次想要挣扎着站起来，但是都被 Helen 死命摁住了，Helen 死心塌地跪在冰凉的地上，紧紧抱着 Mike 的腿，口中含混地呢喃着什么，像条卑微的母狗。

"Helen，你不要这样好不好，我不想这样。" Mike 的声音疲惫绝望，他无力地往后一倒，瘫在沙发靠背上。

"求求你，求求你……" Helen 颤抖含混的声音像是从很远很远的地方传过来的，令人毛骨悚然："求求你，这是最后一次了……"她顺势向 Mike 身上爬去，Mike 极力想推开她，但是 Helen 像条巨大的蚂蝗一样死死地贴在 Mike 身上，黑暗中，两个人激烈的喘息声巨大而又空旷。

米豆紧张得心都要跳出来了，她感觉肩上被西西拍了拍，示意两人偷偷地退出去。米豆把脚挪了一下，发现脚麻了，她一屁股坐到了地上，后背重重地撞到桌脚，一个插了鲜花的大花瓶落在地上，玻璃碎片像雪花一样飞散，发出淋漓尽致的破碎声响。米豆知道，一切都完了。

一切都忽然没有了声音，安静得像前生来世，唯有月光透过巨大的玻璃墙，柔柔地洒落在这个静谧的空间里，房间里的桌子椅子好像有生命的一样，披着银色的外衣，高贵而又美丽。

一个女人凄厉的叫声把这个世界撕得四分五裂，Helen 发疯一样嚎叫起来，在月光下她光鲜美艳，妩媚的长眼睛，狐狸一样的脸，雪白的皮肤像厨房里的大理石。Helen 嚎叫着冲向米豆和西西，她光鲜美艳，披头散发，衣衫凌乱，胸衣解开了，露出雪白丰满的乳房，像两朵美丽颤抖的雪莲花。Helen 伸出白玉一样的手臂，死死地掐住米豆细细的喉咙，她妩媚的长眼睛里射出撩人的光芒，她娇艳欲滴的嘴唇蠕动着："小骚货，小妖精，烂货，你这么骚，勾引男人，你不要脸，你去死吧。"

米豆被压倒在地上，后背触到一地的玻璃碎片，她透不过气，背上麻木一片。米豆脑海里闪过在西安看到的大片大片的向日葵，鲜黄银亮，每一朵都是精彩，连成一片，就是夺目的风景。它们在火车旁飞速地向后退去，又像是跟着火车狂奔不已，在阳光下炫目耀眼，是尘世间一折绚烂热闹的演出。

九个月后西西给在温哥华的米豆发邮件，说她已经拿到毕业证书了，接下来准备考研，她还是想进 S 大学。西西还告诉米豆，Helen 接受了第一个疗程的心理辅导已经出院了，还是跟着 Robot 过。Helen 入院后风景咖啡就倒闭了，现在改成一个礼品店，专卖布绒玩具和罐头鲜花。小夏和她老婆不久前开了一家小餐馆，就在 S 大学附近，生意很红火。倒是 Mike 不太好，他有一天潜入学校的大礼堂偷电脑主板时被当场抓住，当时大学偷窃案件很频繁，Mike 不幸做了典型，不仅被开除，还要蹲几个月的牢狱。西西还去看过他一次。

米豆坐在大的落地玻璃窗前喝茶看西西的信，她告诉西西她已经考进这边的一所大学了，主修心理学，说不定以后还能帮上Helen的忙呢。她最后写道："一切都很好，不是么？"

那些残存的往昔

肉体虚无，灵魂安在?

他是一个堪称成功的学生，名牌大学毕业，获一等奖奖学金。家境富裕，前途无量，长得也不算差。但是他焦灼，他面部表情僵硬，他鲜有笑容，他年轻的眼睛里更多的是冰凉和空洞。也许他只是迷茫，可能是为自己的前途。但是无论从哪个方面来看，他都会拥有一个不能说是辉煌灿烂但也绝对算得上是光明的前途。

面对一个性感女人的诱惑，他一开始做出了明朗的抵抗，甚至是义正词严的，甚至有点粗暴。他在这个体态还算优美的女人面前仓皇逃脱。也许他的道德感和多年所受的优良教育促使他这么做，但是他在不断地妥协。在那个美貌女人一个个显而易见的借口前一步步走入圈套，尽管最终逃脱。但是如果那个时候她丈夫没有突然回家，会是一个怎样的结局。他要过几天才满二十一岁。他还不懂得如何掩饰自己的慌张，也不懂得如何优雅地拒绝女人，哪怕这个女人的年龄足可以做他的母亲。

最终他还是约会了这个神情慵懒、举止妩媚、声音低哑性感的老女人。他甚至一度不能自拔，也不去找工作。也许他只是因为青春期的寂寞，也可以说是空虚。

后来他发现自己爱的是他情妇的女儿，那个健康阳光的女孩，哭起来和笑起来的时候都很动人。也许因为她年轻，没有人不喜欢娇嫩的东西，并且还很美丽。

于是他又一次陷入情网，和上次不同的是，这次他是真的爱了。应该是纯精神的爱情，而非肉体上的欢愉。情爱让人沉迷，爱情让人疯狂。于是他做了一切爱情片里男主角所要做的一切事情，驱车赶到女孩的城市，在她的学校前苦苦等候，为了她有男友而痛苦不堪。他摆脱一切压力竭力去爱他，甚至把她从教堂的婚礼上抢了回来，并且成功了。他们俩是那么高兴。

但是，在一辆破旧的公车上，在他依旧穿着婚纱的女孩身边，他马上又陷入了那种迷茫空洞的眼神：他的担忧和无助、他的焦灼、他为此付出的巨大的代价。他还不懂得掩饰自己所有的惶恐，他甚至还不懂得如何让自己的女人不担心。也许因为他还太小，他才刚毕业。

影片《毕业生》，美国导演迈克·尼科尔斯 1967 年的颠峰作品。它之所以动人，也许是因为始终贯穿其中的主题曲《寂静之声》。音乐有着巨大的感召力，悠扬深情，直指人心。片中同样著名的还有插曲《斯卡布罗集市》，它们混合在一起，这些色彩和影像，歌声和旋律，它们让“毕业生”这么一个古板的词汇充满了忧伤和迷离，那么沉重的下坠感。它们在一个深夜是如此美丽。

性，谎言，录像带

一切都是那么错乱。安有洁癖，她把家里打扫得纤尘不染，她可以做出可口的菜肴，她对她母亲的生日念念不忘，她神经质地擦拭家中的洁具，她性冷淡。她羞涩地在心理医生前讲述着她的性生活，红着脸害羞地讪笑。实际上她是高大丰满的女子，但是她如此忐忑而不安。

与安形成强烈对比的是她的妹妹，她的妹妹辛西娅。辛西娅有迷人小巧的身段，褐色卷曲的长发，眼睛很大，特立独行。她的声音低沉而富有力度，沙哑的磁性。辛西娅深信自己的魅力。辛西娅性感撩人，在酒吧如鱼得水。她粗暴地对待她的姐姐安，似乎因为她是她的妹妹便可为所欲为。她在安身边偷走约翰，她打电话的时候总是用命令的口吻，说完便挂，她如同一个高高在上的女王。大凡在美丽姐姐身影下长大的女孩子都会对她的姐姐产生强烈的嫉妒感。辛西娅总是在安面前不断证明自己的能力、她的果断和决绝，以及对母亲的漠不关心。她和姐夫约翰在安的眼皮底下疯狂偷情。她提出要在安的床上和约翰做爱。她说是为了报复。她拿走覆盖在约翰身体上的绿色植物，摘下珍珠耳环微笑。

但是一切依旧祥和。如果忽略不计那些在夜晚或是闺阁中散发出的混合着欲望、猜测和不忠的气场的话，这依旧是一个平静而幸福的中产阶级家庭。

而后格雷厄姆来了。他穿黑色衬衫和旧的牛仔裤，有金色的头发和少年般忧郁纯真的脸。他是约翰的旧友。约翰不在家，安忐忑地接待了她，空气沉默而尴尬。

格雷厄姆最后决定在这个城市留下。九年前他在这里和前女友伊丽莎白有一段刻骨铭心的爱情，为此他得了性功能障碍。九年间他拍摄了无数女性关于性生活的独白，唯有它们才能让他兴奋。在经过种种纠葛后，安和辛西娅都在摄影机前吐露自己的心声，直到安的丈夫约翰在深夜怒气冲冲地闯进格雷厄姆的房子将他撩倒，约翰告诉格雷厄姆他在九年前就和伊丽莎白上过床，在她和格雷厄姆分手之前。格雷厄姆亲手毁掉了所有的录像带和摄影机。他把它们扔出家门。

约翰的事业因为破碎的婚姻和乱糟糟的生活而走向低谷。格雷厄姆最终和安走到了一起。他们重新认识到了性爱的美好。安送给辛西娅一盆绿色植物，她对身旁男子的调情报以宽厚的微笑。

美国导演史蒂文·索德伯格的处女作，没有华丽的镜头语言，场景近乎粗糙，但是在我看来，依旧像童话。因为童话都有戏剧般的结局。

爱情是一种无望，所以那么美丽

《瓶中信》，一部被我一次又一次错过的电影。有好多次在音像店里看到它，拿起又放下。我始终不是太信任好莱坞的一些主流电影，就像我从不轻易信任一些色彩鲜艳的食物。在暗室里，陷在沙发里安静地看完这部电影,其实每当我感动过后就特别不想说话，每当感动的时候我的大脑就会一片空白，大脑空白的时候是非常美妙的时刻，所以不适合做任何思维。

不知道为什么，这部电影会让我想到《廊桥遗梦》，两部讲述成人爱情的电影。表面看上去都是那么浪漫，其实骨子里都深深地刻着两个字：无奈、无望、现实、断裂。较之《廊》，我更喜欢《瓶》一点，不为别的，就为他们做爱做得比较晚，犹如一种智力情感游戏，让影片多出许多张力，这让它看上去更像一部讲述爱情的电影。因为他们心里有期待，所以爱情不会轻易老去。

其实每一个经典爱情的最后都是一个支离破碎的结局，无论青蛙王子的情话有多动人，灰姑娘的水晶鞋有多漂亮。他们只是幸福地相爱，然后无可奈何地老去。虽然也有人在唱，我能想到的最浪漫的事，就是和你一起慢慢变老。这是非常美丽的事情，但是这已经不是爱情。爱情是我能够想到的最脆弱的东西，无论它有多么强大，一个眼神，足以摧毁它。爱情只存在于相信爱情的人心里。一旦拥有，这个人便失去了信仰。

幸运的是盖瑞最终死了，于是又一次成就经典。在他深呼一口气，钻向冰冷的水底的那一刻，我想，很多女人都会爱上他。爱情是一种几近偏执的情感，所以撕裂的美好往往最直指人心。在《魂断蓝桥》里，玛拉若非香消玉殒，罗伊也不会那么深刻地把她的护身符贴在心口，直到白发苍苍。

爱情为什么那么美？因为在他们最美好的时候，电影结束了。

关于食物、爱情及其他

最近喜欢清淡的食物。我的胃似乎不能够消化油腻的食物，我觉得我的胃里住进去了一块柔软的石头。但是在饥饿的时候，我可以一下子吃掉一盘油炸吐司。吃完后，又会迅速厌恶这些垃圾食品。有人说，心是离胃最近的。你可以从一个人吃的东西中判断出她的性格,也可以从她对待食物的态度上看出她的很多性格的外延。我最近有点反复无常，而我对食物的态度也确实比较混乱，有点食不知味，所以我完全有理由相信 man is what he eats。

曾经有一阶段我爱上了咖喱，这种由几十种香料调制成的浓郁口味，让我对印度、越南、老挝等等这些国家产生了神秘的向往。有一部印度电影《叛国者》，有咖喱一样浓郁的视觉冲击力，特别是里面的吃饭场景，很是好看。盘腿坐在木条铺就的地板上，碧绿的树叶上放了色泽光润的炒饭，女主角长着一张充满食欲的美丽的脸，在很多个场景里她用手指抓饭吃，总是迫不及待的神色。她让人想到了健康和强烈的生存欲望。我总是喜欢把女人和食物联系在一起。倒不是说女人就是一盘菜，而是女人和食物的联系最亲密。女人可以做美味的菜肴，并且享受它的味道。男人们说女人在厨房里的时候最美。但是一个女人在厨房里待多了，手掌变得粗糙，头发乱蓬蓬的散发着油烟机里的味道，皮肤也油光光的。就是不知道现在爱心灵美的男人究竟还剩下多少个？

《周末同床》虽然是部含情脉脉的电影，但是从骨子里透出悲情的现实主义来。平淡如水的场景里，有很多温情都是娟姬在厨房里做菜的时候，或是端着杯子喝咖啡的时候弥漫出来的。她是个下得厨房入得厅堂的神话般的女人，游刃有余地周旋于丈夫和情人间。为丈夫做鳕鱼汤，为情人做豆芽汤饭，每一顿都尽心尽力，毫不含糊。但是她还是让她的情人痛苦。因为她的细致体贴，因为她周密的计划，还有她完美的厨艺，让人崩溃。他爱她。

《情人》这部电影取材于杜拉斯的小说，故事发生在越南的西贡。一个西方贫穷的少女和东方纨绔子弟的爱情故事。少女在做完爱后总是索要食物，她津津有味地吃完甜品，而后吮吸着她沾满汁液的手指，她在一桌饭菜前旁若无人地狼吞虎咽。她贪婪的吃相越发显出她的天真和楚楚可怜。最近的惊悚电影《妄想》，大部分的场景都是在一个破落的家，灯光昏暗的餐桌前，一个失魂落魄的女人做了一桌又一桌让人森然起腻的菜，如果每天看一次这部电影，我想很多女孩子都可以成功减肥。

有个叫卢易非的家伙写了本挺有情趣的书，叫《饮食男》。他把“子”的话改成了“饮食男，女人之大欲存焉”。显然这本书主要是写给女士们看的。他还在每一则文章的最后附烹饪食谱一张。当然，很多女人都会喜欢，特别是食欲旺盛的女人，或是关爱家人，又充满爱心的女人。

不知道他的书会不会畅销。

Thelma and Louise

《末路狂花》听上去更像是一部劣质的港台枪战片，事实上，它是好莱坞为数不多的好片子之一，尽管片名被翻译得很烂。我喜欢它的英文名《Thelma and Louise》，比较温情，一听就知道这是个发生在两个朋友之间的事情，而且是两个女人。影片叙述了一对平凡普通的好朋友如何在几天变成家喻户晓的女匪徒的故事。爱尔玛是个十八岁就嫁了人的天真烂漫的家庭主妇，路易丝是个干练的餐厅女招待，有个周末她们结伴去旅行，但是爱尔玛在途中受到性侵犯，于是路易丝枪杀了那个男人，她们认为“没有人会相信我们说的话”，所以选择逃亡。最终愈陷愈深，不能自拔。最后她们在悬崖上开车一跃而下。然后镜头定格，电影结束。这是一部有关人性和女性尊严的电影，如果继续探讨的话还会有许多形而上的东西出现，但是这部电影的叙述方式不会让人感到精疲力竭，并且影片的剪接和细节部分的处理也十分精彩。这是一部充满悲剧色彩的电影，但是自始至终没有一点煽情的镜头和音乐出现，这是我所欣赏的。

《Thelma and Louise》有着很强的感染力，有很多地方可以打动你，但是最让我喜欢的地方还是关于两个女性之间纯真的友谊。同性之间的友情在某种程度上也许是最为坚固也是最微妙的，比之爱情，同样的让人感觉不可思议。有很多描写有关女性之间的友情的文字和电影作品，王安忆在《长恨歌》、《我爱比尔》等等小说里有许多周到真实的叙述，而很多影视作品，诸如《女魔头》、《冷酷祭奠》、《不要和陌生人说话》里，对于女性之间的友情也有很好的阐述。虽然各各不同，但是她们都有一个相通的地方，那就是：爱和相互支撑，而且她们的付出不需要回报。几部描写男性间微妙感情的影片，如《东宫西宫》、《霸王别姬》、《蓝宇》，和现在很火爆的《断背山》等等，都很动人，他们是美丽的。

很意外地在《Thelma and Louise》这部老片子里看到了年轻时的布莱德·彼特，在片中他饰演一个被假释的小混混，因为年轻，所以不是那么吸引人，尽管他那时候已经拥有一张天使般的脸庞。较之一张青春洋溢的脸，我更喜欢在后来《吸血迷情》、《第六感生死恋》等电影中的彼特，因为到那个时候，彼特的眼睛里有了故事，所以很迷人。

关于电影

《僵尸新娘》，真的是一部匪夷所思的电影，但是很好，恐怖、森冷、绮丽，是在黑暗中吐空了肚子，陷在柔软沙发里抖抖嗦嗦吃哈根达思的感觉，既惶惶不安，又充满美感，仿佛一次罪恶的艳遇。

电影是人类感觉的蔓延，有时候直抵灵魂。一部好的电影是一场洗礼，或是一个足以让身心战栗的噩梦，电影拍给心灵相通的人看，否则，没有任何意义。

记得在小学的时候看意大利版的《末代皇帝》，一连好几天的压抑，还是小孩一个的我走在阳光里，走在一群唧唧喳喳的同学中间，心里是哀绝的伤感，那样的音乐，那样的画面，是可以让任何一个雀然欢喜的人下沉的。那是童年时期对我影响最大的一部电影，很奇怪，不是《小花》，不是《闪闪的红星》，也不是《青春万岁》。那么早就对深沉对郁闷对压抑的痛楚有着深深的共鸣，似乎有点不可思议。从这个角度来看，也许我是一个早熟的姑娘，尽管我发育很晚，长到现在还是没有多少肉，尽管我在现实生活中是多么的愚钝多么的天真。

那时候中国没有多少好的电影。其实现在也是。但是那个时候有很好的动画片，比较卡通的是《小兔乖乖》、《黑猫警长》、《皮皮鲁和鲁西西》等等，还有很多优秀的水墨动画和木偶版的电影，比现在很多高科技搞出来的都要好，《哪吒闹海》、《西岳奇童》、木偶版《宝莲灯》，都堪称经典。

在喜欢的电影中，除了编剧制作精良的恐怖片外，就是一些边缘电影，他们从来不会上大光明影院的大海报，电影频道里也很少有，但是真的很好。我在一些影像店或是文化市场成打成打的盗版DVD中淘到它们，然后搬回家，陷在沙发或是床上，身上盖一些大而温暖的纺织物，不吃东西，一碟接一碟地看，直到最后睡过去。我最喜欢一点法国电影的叙事手法和格调。《冷酷祭奠》是一部优秀的法国电影，而且很有代表性，至少我自己这么认为。它讲述一个冷淡恬美的女文盲保姆在这个到处充斥着高等教育的社会中枪杀主人全家的故事，影片自始至终平淡如水。它用完全写实的手法耐心地记叙女保姆每日的生活，她烹饪、料理家务、逛超市、看到留言条时不易察觉的惊恐无力和四两拨千斤的小聪明，长久地吃着巧克力看电视机，她脸上斑驳的光影……这是一部很有力量的电影。

昨天看了《神奇四侠》和恐怖片《七夜》，看《神奇四侠》的时候我一直在吃东西，因为我觉得不趁这个时候给自己一点长肉的机会有点对不起自己。至于《七夜》，我看完后有点哭笑不得，一部被渲染得阴森森神秘兮兮的电影，到最后竟然拖出了一个禁毒反毒的高尚主题，真的是无限伟大。

就这么悲伤地美丽着

其实，我个人认为，喜欢文字的人多多少少是有点自恋的，而且敏感，而且善良。他们是容易受到伤害的。

在这方面，张爱玲是个典型。尽管她是我最喜爱的作家之一。平心而论，她长得不好看，至少以我的审美观来看是这样。张的容貌较之她的文字，少了太多动人的情致。一个女人的美丽，无关眼睛的大小，头发的颜色，鼻子的高或低，美丽的女人靠的是过人的“气场”。我所谓的气场，指的就是感染力吧，即使一动不动坐在那里，也会很耀眼，或者说，让人禁不住想一再地看她。这种气场，有的是与生俱来，有的是后天练就，但无论如何，一定要是浑然天成、动静自如的，否则，就成了矫情。

张爱玲的气场如何，我们不得而知，至少传递到照片上的不是太好。听说她有非常多的衣服，讲究穿着，晚年到台湾、香港游历时带各种各样的化妆品，她是知道爱护自己的。关于她和胡兰成的事情，也听说很多。我以前买胡兰成的书，为的是张爱玲，看到后来是自发地买，写得不错的。关于他们的爱情，张的话最为贴切：自从遇见他，她就变得很低，一直低到尘埃里。但心里是欢喜的，从尘埃里开出花来。

后来他们分手了。胡写了一则《民国女子》作念，提到张的那段话是题在送他的照片上的。张在分手时道：“我已经不爱你了，而你是早已经不爱我的了。"张的爱情是个悲剧，虽然看来听来都很美，后来被很有气场的三毛写成了剧本，获了很多奖。虽然三毛写完这场爱情就死了。张在爱情上受到伤害，原因有很多，时间、地点、人物、背景，都不对，那是一个乱世。然而，依笔者拙见，即便现世安稳，张的爱情也不会完满，她的性格她的经历，注定她要喜欢胡兰成这样的优柔男子，每一场的爱情都是认真的，每一个女子都是好的，但是他永远不会长久地爱她。我想张爱玲理想中的爱情，应该是《倾城之恋》，其中的白流苏，是她喜欢，也是为她所欣赏的。用我的话来说，就是气场很足。张是愿意成为这样的女子的。《倾城之恋》是一部交织着现实与理想的作品，即便有那么完满的结局，我也不称它为童话，张在篇末有着清醒的认识：香港的陷落成全了她。但是在这不可理喻的世界里，谁知道什么是因，什么是果？谁知道呢，也许就因为要成全她，一个大都市倾覆了。成千上万的人死去，成千上万的人痛苦着，跟着是惊天动地的大改革……流苏并不觉得她在历史上的地位有什么微妙之点。她只是笑盈盈地站起身来，将蚊烟香盘踢到桌子底下去。

上田的绮丽和诡异

第一次看到上田风子的画是在一本黑白杂志上，因为是纯文学期刊，纸张很差，她的画在毛毛糙糙的黄页中宛如僵尸新娘的吻，很美很恐怖，带一点黑暗中环抱艳尸的棺木的檀香味。

后来看到精致的彩图，冷冷的色调里透出诡异的光来，直指心底。男孩女孩在长满向日葵的墓地里亲热，背书包的大肚子女学生，鲜血直流一样的红色丝袜，上田风子有两颗非正统的眼珠子，可以看到正常世界里异乎寻常的东西来。她画的东西大多关于性，性焦虑和性侵犯。也许是童年时期留下的阴影。日本真是一个匪夷所思的民族，那时候看他们的《大逃杀》，看到那么多漂亮的男孩女孩相互猜疑杀戮，以及血淋淋阴森怪异的《日本女子监狱》，觉得这个国度里面有太多纵横交错的丑陋和美丽，相扑和茶道，樱花和蜡笔小新，都是非常极致的东西。我没有去过日本，一个朋友在那里读过几年书，说那里的女孩没有结婚前大多很放纵，有的直接到驻日部队去找美国大兵。富有的美丽的太太用自己老公的钱包养穷困潦倒的艺术家，丈夫下班后不回家，要到酒吧喝到夜深，和女招待调情。

那么上田风子呢，她过着怎样的生活？其实很多时候，笔端流露出来的，就是一个人的生活，和思想，还有潜在的伤悲和快乐。

风子说——那儿暗无天日，眼睛是多余的。我挖出它们，当作漂亮的珠子送给你。帮我找个盒子装起来，给我们的孩子看。

大悲咒

偶尔打开一个人的博客，发现背景音乐是《大悲咒》，于是停下来倾听。它让我感觉安静，真实的安静。

嗯，是的，这些日子过得很躁动。也许用躁动这个词是比较正确的。盲目，没有目标，静不下心，容易发怒。也有人说，这是身体不好的标志。但是我一直在小心打理自己。女人，一定要自己爱惜自己，也许，甚至有时候不惜伤害别人。

记得很多年前，还是一个学生的时候，曾经买过一盒《大悲咒》，那时候我有一个爱华的随声听，每天清晨起床的时候我就听一段。它能够治疗我的失眠，至少可以让我神志清醒。我把这段音乐打电话传给我的朋友听，她说，嗯，挺好。没有更多的解释。

她是一个寡言的人，也许就是因为这样，许多人会觉得她高深，或者清高，或者其他的任何形容词，但是总归是和神秘靠边的。有时候最苍白的就是文字，最博大的就是沉默，所以至美的音乐，只有旋律，没有歌词。作家到最高境界的时候，会放弃写作。

利用写字的时候，下载了很多佛经音乐，它们可以给我真实的安宁。然后我选择倾听，并且，无语。

有关一具女尸

昨天临睡前，很晚的时候，看科学探索频道，讲的是马王堆出土的千年女尸。应该是非常尊贵的，因为墓室及殉葬品的豪华。她的家人把她埋得那么深，墓室做得那么牢固，但是她还是被挖出来了，并且在两千年以后被很多人围观，被一层层扒掉二十多层衣裳丝绢棉麻，并且被尸检，被很多光线照射，并且被肢解，被掏出内脏，内脏被福尔马林浸泡在一个个玻璃瓶里，做研究，还有展出。然后空空的尸体被缝合，被装在玻璃棺材里被一批又一批的游客争相观看，观看这具千年不朽的女尸，玻璃上贴满了好奇的眼睛和压扁的鼻子。

她的头颅骨骼还被复原，非常漂亮，有出色的五官和姿态，我能够想象她在两千年以前梦幻般的生活，远离现代生活的东西总是那么美好，而且神秘。但是看完这档节目，看完那些装满福尔马林药水的瓶瓶罐罐，我很想吐，这个时候我很高兴自己死掉以后能够被火化，也许还能像周总理那样浪漫，死后自己的身体能和灵魂一样在风里飘荡。

莲　花

刚买了安妮的《莲花》，放在方便袋里，还没有拆封，它躺在书房幽暗的灯光下，躺在我小小的电脑旁，封页上写着：这一本书，有关寓意。有关心灵的历史，有关人所走上的路途。

安妮是一种暂时的沉醉。就像我头疼的时候喝咖啡，黯淡的时候漫天游走，无聊的时候烹调古怪的菜肴，是一种暂时的弥补，潜意识的渴求，和无关痛痒的盲从。安妮说，她的书写给心灵相通的人看。所以她的世界一遍又一遍地被人走过,她始终是那么孤单。

然后，不说了，我准备用一个晚上的时间，去看《莲花》。

流光飞舞

我认为性感的电影有两部，一部是《青蛇》，还有一部是意大利版的《末代皇帝》。他们的感染力很大程度上来自于他们制作精良的音乐，那么美妙，以至于可以长时间地让人失神。我喜欢《流光飞舞》，每次听的时候都会有种莫名的感伤，特别是在暗夜，可以一个人长久地失神，可以想到今生来世，可以相信这个世界上真的有妖精，并且是美丽的。

我知道一个男孩子是如何刻骨铭心地爱上另一个女孩子的。那是在《青蛇》热播不久，学校里组织时装表演，那个女孩子出场的背景音乐是《流光飞舞》,《青蛇》中极为出彩的一段。《流光飞舞》给了那个男孩子极大的幻想,也把那个女孩子美化到了极致。也许，那个男孩子本来对那个女孩子就心存好感，音乐不过起到了推波助澜的作用。但是那个男孩子真的是非常痴情，直到那个女孩子转学和他分手，直到她结婚，直到她生子，他都没有停止过爱她。有时候我会想，也许他一想起她，脑中浮现的就是她在《流光飞舞》中轻扬水袖的美丽样子，这个样子是那么刻骨铭心，以至于他不惜丢掉许多幸福，等候，幻想，一辈子。

奉旨填词柳三变

柳永，原名三变，字耆卿，崇安人（福建崇安），工部侍郎柳宜少子。他年少时到汴京应试，由于擅长词曲，熟悉了许多歌妓，并替她们填词作曲，表现了一种浪子作风。当时有人在仁宗面前举荐他，仁宗批了四个字："且去填词。"柳永遂自称"奉旨填词柳三变"，在汴京、苏州、杭州等都市过着纸醉金迷的流浪生涯。大约在他饱经封建统治阶级的冷眼，少年时的"怪胆狂情"逐渐消退时，才改名柳永，考取进士，在浙江的桐庐、定海等处做过几任小官，晚年死于润州（现江苏镇江市）。

柳永曾长期被看作无行的文人，受到种种歧视和排挤，因此他曾以自封的"白衣卿相"对抗黄金榜上的功名。这是对于封建王朝科举制度的大胆嘲弄，同时其玩世不恭由此可见一斑。然而颇具戏剧性的是，柳词里还有部分庆赏节令或称颂朝廷功德的作品，不知是他一时兴起还是别有深意，总之，大可不必。看似轻描淡写的四个字"且去填词"，已注定了他与飞黄腾达擦肩而过，又何必再做无谓的竹篮打水？再者，即使侥幸拾得几根救命稻草，按柳永的个性，也只不过在天堂地狱间周旋。忧郁敏感而又稍带狂燥的人是很不容易满足的，柳永的不满来得并不尖锐，蕴藉在淡淡的惆怅中，随时都可吹散在风里，又时时萦绕在心头，柳永的可悲与可贵，就在于此。文人墨客在功名失意时往往想起他们的田园生活、山林生活，柳永也曾写过“游宦区区成事底，平生况有云泉约”的词句，然而他所经常提起的还是“秦楼楚馆”里“浅斟低唱”的生活。柳永有心从政却不得重用，浪迹烟花柳巷沉湎于晓风残月。失意的尽头便是另一个无言的起点，未名未禄造就了一个释放的灵魂，倚泊红楼风流千古道尽柳三变真性情。时间万物本就奇异莫测，或涓涓细流或浩浩江海，或冷风凄雨或艳阳高照，或缠绵绯恻或疏朗飘逸都是芸芸存在的真面目，无所谓何美何不美。所有的好恶都因人而异，而这“好恶”的标准又会被历代的宗法道德所控制所束缚。柳永清辉与黯淡并存的一生也因此蒙尘。宋人张舜民《画墁录》云：“柳三变既以词忤仁庙（宋仁宗），吏部不放改官。三变不能堪，诣相府。晏（殊）公曰：‘贤俊作曲子么？’三变曰：只如相公作曲子。’公曰：‘殊虽作曲子，不曾道彩线慵拈伴伊坐。’柳遂退”张舜民想必是个聪明人，简简单单三个字“柳遂退”。让柳永塌尽了台。而在我看来，这三个字背后又不知包罗着多少误区与错位。很显然，张是站在晏一方的，且带着点洋洋自得的从容与优越感。很可笑地，在他们的眼里，通俗的流行歌词是诸种文学题材中很卑贱的一种，所以看不起“且去填词”的柳永，然又私自喜爱这种文学样式，将他作为个人真实情感的载体和遣兴娱宾的工具，并且为“不曾道彩线慵拈伴伊坐”而自得。这一种颠三倒四的矛盾却极其合理地存在于历代文人中，并且以其鲜活的生命力在不断进步或倒退着的文明中推波助澜，在人们赤裸的情感前蒙上一层神秘的黑纱。柳永与他们的世界格格不入，又不善随波逐流，所以他的颓伤失意在所难免。他为性情中人，“忍把浮名，换了低吟浅唱”，却又因此而伤心困顿，并且逐渐从中体味出一种凄婉的快乐来。他的一生因浪萍难驻而杂乱，又因归云无踪而孤寂。他迷失在鱼和熊掌不能兼得的生活里，而生活又让他明白了：什么叫迷失。

那恍若隔世的优雅

有三个女人我很喜欢：王小慧、陈鲁豫和蔡琴。她们一个是旅德摄影师，一个是电视台主持人，最后一位则是演艺圈里的常青树。她们从容、安定、不随波逐流，有着深邃的内心和丰富的人生经历，她们是美丽优雅的。

我一直认为“优雅”这个词是对女人最高的评价。许多美貌的女子如同一场绚烂的烟花，短暂的丰荣过后，一地尘埃。这样的美丽带着末日的哀绝气息，昙花般颓靡。优雅则不然，她需要昭然韶华背后的大智慧，那是一种从容的大气，一种雨雪风尘后的海阔天空和岁月褪尽过后的清爽妩媚，一如深埋多年的女儿红，在花落水流的年岁前不动声色，安静、内敛，且愈久愈醇香。爱的是那满园的浓情，与入口时的活色生香。

蔡琴便很具备这样的优雅，所以她很动人，不仅仅因为她的歌声。虽然我是缘了她天鹅绒般质感的嗓音才喜欢上她的。初识蔡琴，我还是个每晚都要躺在暗夜中收听 BBC 和 104.8 音乐台的小女生。那时候的我被严重的失眠困扰着，但是又不愿意放弃味道苦涩的清咖啡。每一个浓墨重彩的黑夜对我来说都是一次漫长的飘流，所以音乐对我而言，也就显得尤为重要。有一次音乐电台做了一辑蔡琴的特别节目，放了很多她的歌。我很清楚地记得第一首是《出塞曲》，席慕容填的词，与蔡琴悠长清婉的嗓音珠联璧合。我记不清这辑节目有多长，但是清楚地知道蔡琴在那晚的夜空中撒下了一捧细碎的小花，她们在暗夜中一一盛开，直至盘根错节，开满了一个女孩要不来的梦境。后来节目完了，我的世界空了。

从那以后，我便到处奔走找她的歌，不能说是狂热，我没有为任何事情狂热过，但是很执着。我一张张地收集她的盒带和CD，眼睛里充满期待。对于她的喜欢，就是那么一拍即合。

蔡琴于我而言，当然无法同空气阳光和清水相比，但若少了这个优雅女人随意流淌的歌声，生活就会像没有了新鲜柠檬片的冰红茶一样，可以入口，亦有滋味，可是对于舌头与心情而言，就少了很多动人的情致了。

现在的我晚上可以睡得很香甜。不再喝清咖啡，包括速溶的或是放了肉桂或是奶油的，我把咖啡戒了，改喝红枣枸杞茶，有时放点茉莉或是玫瑰，放在桌上，是喜人的颜色。有时坐在午后的阳光下，依旧听蔡琴的歌，恍然四顾，物非人非，同样的歌声听来也是不一样的味道了。陈鲁豫在她的书里写道："那一刻的写作冲动源于一种情感的不曾改变。"我写这则文字，大凡也是如此。一如她歌中所唱的："像一阵细雨洒落我心底，那感觉如此神秘。我不禁抬起头看着你，而你并不露痕迹。虽然不言不语，叫人难忘记……"

走遍人间

苏轼在《答谢民师书》中夫子自道："大略如行云流水，初无定质，但常行于所当行，常止于所不可不止，文理自然，姿态横生。"这是他文章中自始至终的俊逸洒脱，《前赤壁赋》亦是如此。然而，纵观苏轼生平之作，如果探赜钩隐，就可以发现：同样的豪情万丈中，却沉淀交织着两种迥然不同的心境。

《前赤壁赋》中流溢着的是一种人为的老庄式达观，这是历代文人墨客在仕途受挫时的一贯作风。"世无知我者，把酒问青天，莫使金樽空对月……"许多美好的诗篇其实都是断肠人在文绉绉地恣意呼喊，他们把心中的怅然所失、辛酸悲凉通过一种迂回曲折的方式发泄出来，让自己感动，让后人传诵，让天底下的人都知道：老天爷对他们是多么的不公。我这么说，道理很简单：如果他们真想得通，那么这些文章就都是画蛇添足。因为一个在冰天雪地里走进暖房的人在向别人讲述他的温暖时断没有必要再开一次门去演示他的艰难历程。所谓达观，其实就是舔舐伤口的痛！伤口从何而来？——生活。宦海沉浮、失意时的悸动，心灵的疤痕在一次又一次困顿失意中漫延交叠，最终结成厚厚的茧，于是，新鲜的心情无影无踪，快乐也变得深沉。记得苏轼的早期作品中有一篇《喜雨亭记》，写于宋仁宗嘉佑七年，当时他正在凤翔府作签判，年方二十七，文曰："官吏相与庆于庭、商贾相歌于市，农夫相与以忭于野。忧者以喜、病者以愈。”文中欢腾的景象跃然纸上，笔者轻松愉悦的心情也清晰明朗。没有经历太多人世间的沧桑，少年苏轼快乐而又轩昂。然而好景不长，因为对王安石的变法持有异议，苏轼一贬再贬，他欲从政而不能、欲归田又不舍，虽慕于方山子的“退步抽身”却下不了最后的决心。苏轼的思想是复杂的，他的前期思想受陈公弼等人的影响，喜作美好幻想，所以骨子里有着根深蒂固的儒家积极入世观。到后来屡遭挫败，他心中的老庄情绪渐浓，经常写些自相矛盾、最后勉强达成融合的文章来聊以自慰，而这些，便是后人所争相赞誉的豁达豪迈之篇，苏轼“豪放派”词人的大家风范也尽显其中。

在《前赤壁赋》中，作者借主客问答形象地展现了自己内心的矛盾。客语近于道、主语合于儒，出世入世，水月镜花，若即若离，无是无非，朦胧氤氲成一团情感的雾霭，让读者进入半梦半醒的境地。“相与枕藉乎舟中,不知东方之即白。”轻描淡写的几句话，却不乏旷达之气，苏轼，复又是乐观静朗、洒脱逍遥了。然而我想问，他真的快乐吗？起码真的洒脱吗？此时此刻，我想到了现代诗人海子的一首诗：

面朝大海，春暖花开

从明天起，做一个幸福的人
喂马、劈柴，周游世界
从明天起，关心粮食和蔬菜
我有一所房子，面朝大海，春暖花开。

从明天起，和每一个亲人通信
告诉他们我的幸福
那幸福的闪电告诉我的

我将告诉每一个

给每一条河每一座山取一个温暖的名字
陌生人，我也为你祝福
愿你有情人终成眷属
愿你在尘世获得幸福
我只愿面朝大海，春暖花开

苏轼和海子有着共同的幸福观，他们用不同的文字维系着同样的心情。“面朝大海，春暖花开”和“惟江上之清风，与山间之明月，耳得之而为声，目遇之而成色；取之无禁，用之不竭。是造物者之无尽藏也，而吾与子之共适。”传递着这两个处在遥远时空里的文人对“遗世独立”而获得“幸福”的某种领悟。然而海子的“明天”最终没能到来，他自杀了。二十五岁，那是一个苏轼最感受快乐的年纪；而年迈的苏轼，也没有找到自己真正的人生归属。文艺上辉煌成就虽然烛昭着宋代以来中华文明的天空，却未能照亮他内心尘封的信念，也有心从政却不得重用，便用佛、道来麻醉自己，超度自己，所谓豁达、爽朗、豪迈，其实是一种暂时的忘却，抑或是另一种形式的感情迸发。也许，苏轼最终是大彻大悟了，这里有词为证：

梦中了了醉中醒，
只渊明，
是前生，
走遍人间，
依旧却归耕。

但我认为，如果有第二次，苏轼走遍人间，依旧不会选择“归耕”，因为他习惯于“把酒问青天”，却往往忽略于清醒地看待青天下那个混沌的世界。

走遍人间，他所追求的，是一个很早就失落的脆弱的梦。